www.ingramcontent.com/pod-product-compliance
Lightning Source LLC
LaVergne TN
LVHW031426170726
843492LV00009B/2876

انعتاق

ELEVATION

ستيفن كينغ
STEPHEN KING

انعتاق
ELEVATION

رواية

ترجمة
اوليغ عوكي

الدار العربية للعلوم ناشرون
Arab Scientific Publishers, Inc.

يتضمن هذا الكتاب ترجمة الأصل الإنكليزي

Elevation

Copyright © 2018 by Stephen King

All rights reserved

حقوق الترجمة العربية مرخّص بها قانونيًا من الناشر

Scribner, an imprint of Simon & Schuster, Inc.

بمقتضى الاتفاق الخطي الموقّع بينه وبين الدار العربية للعلوم ناشرون

Arabic Copyright © 2018 by Arab Scientific Publishers, Inc.

الطبعة الأولى: كانون الثاني/يناير 2019 م – 1440 هـ

ردمك 978-614-01-2724-1

جميع الحقوق محفوظة للناشر:

إصدار
الدار العربية للعلوم ناشرون م م ح
مركز الأعمال، مدينة الشارقة للنشر
المنطقة الحرة، الشارقة
الإمارات العربية المتحدة
جوال: 585597200 971+ - داخلي: 0585597200
هاتف: 786233 – 785108 – 785107 (1-961+)
البريد الإلكتروني: asp@asp.com.lb
الموقع على شبكة الإنترنت: http://www.asp.com.lb

التوزيع في المملكة العربية السعودية
دار إقــــراء للنـــشر

يمنع نسخ أو استعمال أي جزء من هذا الكتاب بأية وسيلة تصويرية أو الكترونية أو ميكانيكية بما فيه التسجيل الفوتوغرافي والتسجيل على أشرطة أو أقراص مقروءة أو أية وسيلة نشر أخرى بما فيها حفظ المعلومات، واسترجاعها من دون إذن خطي من الناشر.

إن الآراء الواردة في هذا الكتاب لا تعبر بالضرورة عن رأي الدار العربية للعلوم ناشرون

facebook.com/ASPArabic   twitter.com/ASPArabic   www.aspbooks.com   asparabic

تصميم الغلاف: **علي القهوجي**

الفصل 1

خسارة الوزن

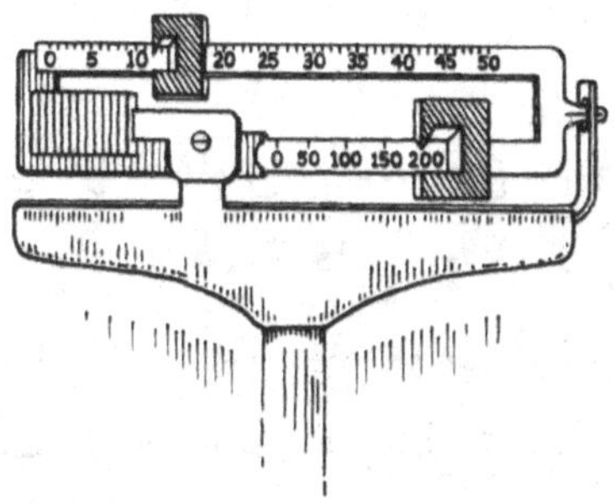

قرَع سْكوت كاري باب شقة إليس، وسمح له بوب إليس (لا يزال الجميع في هايلاند آيكرز يدعونه الدكتور بوب، رغم أنه تقاعد من خمس سنوات) بالدخول. "حسناً يا سْكوت، ها أنت هنا. العاشرة بالضبط. كيف يمكنني أن أخدمك الآن؟".

كان سْكوت رجلاً ضخماً، طوله 193 سم دون حذاء، مع بطن صغير ناتئ. "لستُ متأكداً. لا شيء على الأرجح، لكن... لديَّ مشكلة. آمل ألا تكون مشكلة كبيرة، لكنها قد تكون كذلك".

"مشكلة لا تريد أن تُخبر طبيبك النظامي عنها؟". كان إليس في الرابعة والسبعين، وذا شعر فضي خفيف ومشية عرجاء خفيفة لم تُبطئه كثيراً على ملعب كرة المضرب، حيث تعرَّف على سْكوت وأصبحا صديقين. ليسا صديقين مقرّبين، ربما، لكن صديقين بالتأكيد.

"آه، لقد ذهَبتُ"، قال سْكوت، "وأجريتُ فحصاً طبياً عاماً. تأخر موعد إجرائه. فحص للدم، البول، البروستات، كل شيء. الكوليسترول مرتفع قليلاً، لكنه لا يزال عند المعدلات الطبيعية.

5

السكري هو ما كنتُ قلقاً بشأنه. يقترح موقع WebMD أنه السبب الأكثر احتمالاً".

إلى أن عرَف عن الملابس. لم يكن موضوع الملابس مذكوراً في أي موقع ويب، طبياً كان أم غير طبي. بالطبع لا علاقة لذلك بالسكري.

قاده إليس إلى غرفة الجلوس، حيث تطلّ نافذة خليج كبيرة على الملعب الأخضر الرابع عشر لمجتمع كاسل روك المسوَّر حيث يعيش مع زوجته الآن. يلعب الدكتور بوب جولة غولف عَرَضيّة، لكنه يمارس كرة المضرب في الأغلب. زوجة إليس هي التي تستمتع بالغولف، وشكَّ سْكوت أن ذلك كان سبب عيشهما هنا، عندما لا يُمضيان فصول الشتاء في مكان رياضي المنحى في فلوريدا.

قال إليس، "إذا كنتَ تبحث عن ميرا، فهي في اجتماع بمجموعة النساء الميثوديات. أعتقد ذلك، رغم أنه قد يكون اجتماع إحدى لجان البلدة. وستذهب غداً إلى بورتلاند لحضور اجتماع بمجتمع نيو إنغلاند للفطريات. هذه المرأة تقفز إلى هنا وهناك مثل دجاجة على صَينية ساخنة. اخلع معطفك، واجلس، وأخبِرني ما الذي يُشغل بالك".

رغم أنهم في أوائل أكتوبر والطقس ليس بارداً جداً، إلا أن سْكوت كان يرتدي معطفاً. عندما خلعه ووضعه بجانبه على الأريكة، جلجَلت جيوبه.

"أتريد بعض القهوة؟ الشاي؟ أعتقد أن هناك معجنات، إذا–"

"إنني أخسر وزناً"، قال سْكوت فجأة. "هذا ما يُشغل بالي. الأمر مضحك نوعاً ما. كنتُ معتاداً على تحاشي ميزان الحمّام، لأنني لم أكن مسروراً جداً من الأخبار التي يعطيني إياها في السنوات العشرة الأخيرة تقريباً. أما الآن فهو أول شيء أتوجَّه إليه كل صباح".

أومأ إليس برأسه. "فهمتُ".

لا سبب لكي يتجنَّب ميزان الحمّام، فكَّر سْكوت في سرّه؛ كان الرجل ما تسمّيه جَدّته سلسلة محشوة. وسيعيش على الأرجح لعشرين سنة أخرى، إذا لم تخرج بطاقة جوكر من كدسة أوراق اللعب. وربما حتى يعيش إلى القرن الجديد.

"أفهم بالطبع متلازمة تجنُّب الميزان، فقد رأيتُها كثيراً عندما كنتُ أمارس المهنة. كما رأيتُ عكسها أيضاً، متلازمة الاستخدام المُفرِط للميزان. عادة في حالات الشَرَه المَرَضي وفقدان الشهية. بالكاد تبدو من إحدى هاتين الحالتين". مال إلى الأمام، شابكاً يديه بين فخذَيه النحيلَين. "أنت تعلم أني متقاعد، أليس كذلك؟ يمكنني أن أنصحك، لكن لا يمكنني أن أصف لك علاجاً. ونصيحتي لك على الأرجح هي أن تعود إلى طبيبك النظامي، وتُفشي له كل شيء".

ابتسم سْكوت. "أظن أن طبيبي سيريدني أن أدخل المستشفى فوراً لإجراء بعض الفحوص، وتلقيتُ الشهر الماضي مشروعاً كبيراً لتصميم مواقع ويب متشابكة لسلسلة مراكز تسوّق. لن أدخل في التفاصيل، لكنه مشروع ضخم، وكنتُ محظوظاً جداً بالفوز به. هذه خطوة كبيرة لي، ويمكنني تنفيذ المشروع من دون مغادرة كاسل روك. هذه هي روعة عصر الكمبيوتر".

"لكن لا يمكنك أن تعمل إذا مرضتَ"، قال إليس. "أنت شاب ذكي يا سْكوت، وأنا متأكد أنك تعرف أن خسارة الوزن ليست بجرد دلالة على السكري، إنها دلالة على السرطان. من بين أشياء أخرى. كم هو الوزن الذي نتكلم عنه؟".

"ثلاثة عشر كيلوغراماً". نظرَ سْكوت خارج النافذة وراح يراقب عربات الغولف البيضاء تسير فوق العشب الأخضر تحت سماء زرقاء.

سيبدو هذا المنظر جميلاً كصورة فوتوغرافية على موقع ويب هايلاند آيكرز. كان متأكداً أن لديهم موقعاً - الجميع يملك موقعاً هذه الأيام، حتى منصات بيع الذرة والتفاح على جانب الطريق لديها مواقع ويب - لكنه لم ينشئها. فقد انتقَل إلى أشياء أكبر. "حتى الآن".

ابتسم بوب إليس، كاشفاً عن أسنان لا تزال أسنانه. "هذا مقدار معقول، لكنني أعتقد أنه يمكنك تحمُّل فقدانه. أنت تتحرَّك بشكل جيد جداً على ملعب كرة المضرب بالنسبة لرجل ضخم، وتُمضي وقتاً جيداً على الآلات في النادي الرياضي، لكن حمل عدد كبير من الكيلوغرامات يضع جهداً ليس على القلب فحسب، بل على العُدّة كلها. أنا متأكداً أنك تعرف ذلك. من موقع WebMD". قلبَ عينيه عند قوله ذلك، وابتسم سْكوت. "كم وزنك الآن؟".

"احزر"، قال سْكوت.

ضحِك بوب. "هل تظن أنك في معرض المقاطعة؟ لقد نفدت لديَّ الدباديب".

"لكَمْ من الوقت بقيتَ تمارس مهنة الطب، خمس وثلاثين سنة؟".

"اثنتان وأربعون سنة".

"لا تكن متواضعاً إذاً، فقد زنتَ آلاف المرضى آلاف المرات". نهض سْكوت، رجل طويل ضخم البنية يرتدي سروال جينز وقميصاً خفيفاً وجزمةً باليةً. بدا أشبه بحطّاب أو راعي أحصنة أكثر منه مصمم مواقع ويب. "احزر وزني. سنتكلَّم عن قدري لاحقاً".

راح الدكتور بوب ينقّل عين محترفٍ صعوداً ونزولاً على سنتيمترات سْكوت كاري المئة والثلاثة والتسعين - أشبه بمئة وثمانية وتسعين عند ارتدائه الجزمة. انتبَه جيداً لمنحنى البطن فوق الحزام، وعضلات الفخذ الطويل التي نُمِّيَّت بتمارين ضغط الرِجلين والقرفصاء على آلات يتجنَّبها

الدكتور بوب الآن. "فكّ أزرار قميصك واتركه مفتوحاً".

فعلَ سْكوت ذلك، كاشفاً قميصاً تائياً رمادياً على جهته الأمامية عبارة "القسم الرياضي في جامعة ماين". رأى بوب صدراً عريضاً، عضلياً، لكن بدأت تتشكَّل عليه تلك الرواسب الدهنية التي يحبّ الأولاد المتذاكون تسميتها حلمات ذكورية.

"سأقول..."، ثم صمتَ إليس وقد أصبح مهتماً بالتحدي الآن.

"سأقول 105. وربما 110. مما يعني أن وزنك كان حوالي 123 قبل أن تبدأ خسارته. يجب أن أقول إنك برعتَ جيداً على ملعب كرة المضرب. ما كنتُ لأحزر ذلك".

تذكَّر سْكوت كم كان سعيداً عندما تشجَّع أخيراً ليقف على الميزان سابقاً هذا الشهر. مبتهِجاً، في الواقع. صحيح أن المعدل الثابت لخسارة الوزن منذ ذلك الوقت كان مُقلِقاً، لكن قليلاً فقط. الملابس هي الشيء الذي غيَّر القلق إلى رعب. لا يحتاج المرء إلى زيارة موقع WebMD ليُدرك أن مسألة الملابس أكثر من غريبة؛ كانت لعينة كلياً.

مرَّت عربة غولف في الخارج، يجلس فيها رجلان في منتصف عمرَيهما، أحدهما يرتدي بنطلوناً زهرياً والآخر بنطلوناً أخضر، والاثنان بدينان جداً. قال سْكوت لنفسه إنهما كان ليفيدا نفسيهما لو تركا العربة وأنهيا جولتهما سيراً على الأقدام.

"سْكوت؟"، قال الدكتور بوب. "هل لا زلتَ هنا، أم أنني فقدتُك؟".

"أنا هنا"، قال سْكوت. "آخر مرة لعِبنا فيها كرة المضرب، كان وزني 110 فعلاً. أعرف، لأنني وقتها وقفتُ أخيراً على الميزان. قرَّرتُ أن الوقت قد حان لأنحف بضعة كيلوغرامات. فقد بدأت أنفاسي تنقطع كلياً في المجموعة الثالثة. لكنني أزِن 96 اعتباراً من هذا الصباح".

جلَس مرة أخرى بجانب معطفه (الذي أصدَرَ جلجلةً أخرى).
راح بوب يحدِّق فيه جيداً. "لا تبدو لي 96 يا سْكوت. اعذرني على
قول هذا، لكنك تبدو أثقل من ذلك بكثير".

"لكن صحتي تبدو جيدةً؟".

"نعم".

"ولستُ مريضاً؟".

"لا. ليس من بجرد النظر إليك، على أي حال، لكن–"

"هل لديك ميزان؟ أنا أكيد أن لديك واحد. هيا نفحصه".

راح الدكتور بوب يتأمّله للحظة، متسائلاً إن كانت مشكلة
سْكوت الفعلية في البقعة الرمادية فوق حاجبَي عينيه. حسب خبرته،
النساء عادة يمِلن إلى العصبية بشأن وزنهن، لكن الأمر يحصل مع
الرجال أيضاً. "حسناً، هذا نفعل ذلك. اتبعني".

قاده بوب إلى مكتب مليء برفوفٍ من الكتب، على أحد جدرانه
مخطط تشريح مؤطَّر، وعلى جدار آخر بجموعة شهادات دراسية. راح
سْكوت يحدِّق في مُثقّلة الورق بين كمبيوتر إليس وطابعته. تبَع بوب
نظراته وضحِك. رفعَ الجمجمة عن المكتب ورماها إلى سْكوت.

"من البلاستيك وليس من العظم، لذا لا تقلق بشأن إفلاتها من
يدك. هدية من حفيدي البِكر. إنه في الثالثة عشرة، والذي أعتبره سنّ
الهدايا عديمة الذوق. تعالَ إلى هنا، ودعنا نرى ما لدينا".

رأى في الزاوية ميزاناً يشبه الرافعة القنطرية المتحرّكة عليه ثِقلان،
واحد كبير وآخر صغير، يمكن تحريكهما إلى أن يتوازن القضيب
الفولاذي. نكزه أليس قليلاً. "الشيئان الوحيدان اللذين احتفظتُ بهما
عندما أغلَقتُ عيادتي في وسط المدينة هما مخطط التشريح على الجدار
وهذا. إنه أفضل ميزان طبي صُنع في التاريخ من ماركة سيكا. هدية من

زوجتي، منذ عدة سنوات، وصدِّقني عندما أقول إن أحداً لم يتَّهمها أبداً بأنها عديمة الذوق. أو بخيلة".

"هل هو دقيق؟".

"دعنا نقول فقط أنه إذا زِنتُ كيس طحين مكتوب عليه أن وزنه عشرة كيلوغرامات، وقال الميزان إن وزنه تسعة كيلوغرامات ونصف، كُن أكيداً أنني سأعود إلى متجر هانافورد وأطالب باسترداد نقودي. يجب أن تخلع حذاءك إذا كنت تريد وزناً قريباً من الوزن الحقيقي. ولماذا أحضرتَ معطفك؟".

"سترى". لم يخلع سْكوت حذاءه بل ارتدى المعطف بدلاً من ذلك، مُحدثاً المزيد من أصوات الجلجَلة من جيوبه. صعد على الميزان غير مرتدٍ كل ملابسه فحسب، بل مرتدٍ وكأنه سيخرج للتنزّه في يوم أبرد بكثير من هذا اليوم. "لننطلق".

لأخذ الحذاء والمعطف بعين الاعتبار، نقلَ بوب الثقل الموازِن إلى الحد الأقصى 115 كيلوغراماً، ثم عمِل عكسياً، محرِّكاً الثقل أولاً، ثم راح ينكزه. بقيت إبرة قضيب التوازن ثابتة عند الأوزان 110 و105 و100، وهذا أمر كان الدكتور بوب ليظلّه مستحيلاً. لا تهتمّ بالمعطف والحذاء؛ كل ما في الأمر أن سْكوت كاري يبدو أثقل من ذلك. ربما كان مخطئاً تقديره ببضعة كيلوغرامات، لكنه زان الكثير والكثير من الرجال والنساء البدينين جداً لكي يكون مخطئاً بهذا المقدار الكبير.

توازنَ القضيب عند 96 كيلوغراماً.

"يا للهَول"، قال الدكتور بوب. "عليَّ إعادة معايرة هذا الشيء".

"لا أعتقد، " قال سْكوت. ترجَّل عن الميزان ووضع يدَيه في جيبَي معطفه. ثم أخرجَ من كل جيب حفنة من الأرباع. "بقيتُ أوفِّر هذه لسنوات في مبْوَلة قديمة. وحين رحلت نورا، كانت أوشكت على

الامتلاء. لا شكَّ أن معي حوالي كيلوغرامين من المعدن في كل جيب، وربما أكثر".

لم يقل إليس شيئاً. كان عاجزاً عن الكلام.

"هل ترى الآن لماذا لم أرغب الذهاب إلى الطبيب أدامز؟". ترَكَ سْكوت العملات المعدنية تعاود الانزلاق إلى جيبَي معطفه مُحدثةً صوت جلجلة مرِحة أخرى.

وجَد إليس صوته. "دعني أتأكد أنني أفهم هذا بشكل صحيح – أنت تحصل على نفس الوزن في المنزل؟".

"حتى آخر غرام. ميزاني من ماركة أوزيري من النوع الذي تقف عليه، ربما ليس جيداً كميزانك العزيز، لكنني اختبرته ووجدته دقيقاً. الآن راقب هذا. أنا أحبّ عادة سماع بعض الموسيقى المحرِّكة للمشاعر عندما أتعرَّى، لكن بما أننا تعرّينا معاً في غرفة تبديل ملابس النادي، أظن أنه يمكنني الاستغناء عن ذلك".

خلع سْكوت المعطف وعلّقه على الجهة الخلفية لكرسي. ثم وازنَ يداً ثم الأخرى على مكتب الدكتور بوب وخلع حذاءه. ثم جاء دور القميص الخفيف. فكَّ حزامه، وخرَج من سرواله الجينز، ووَقَف هناك في سرواله الداخلي وقميصه التائي وجاربَيه.

"يمكنني خلع هذه أيضاً"، قال، "لكنني أعتقد أنني خلعتُ ما يكفي لأوضِح الفكرة. لأن هذا ما أخافني. مسألة الملابس. لهذا أردتُ أن أتكلم مع صديق يستطيع إبقاء فمه مغلقاً بدلاً من طبيبي النظامي". أشار إلى الملابس والحذاء على الأرض، ثم إلى المعطف بجيبيه المرتخيين. "كم تعتقد وزن كل هذه الأمور؟".

"مع العملات المعدنية؟ ستة كيلوغرامات على الأقل. وربما ثمانية. هل تريد أن نزِنَها؟".

"لا"، قال سْكوت.

عاد للوقوف على الميزان. لم تكن هناك حاجة لتحريك الثقلَين. فقد بقي القضيب متوازناً عند 96 كيلوغراماً.

* * *

ارتدى سْكوت ملابسه وعادا إلى غرفة الجلوس. صَبَّ لهما الدكتور بوب بعض الشراب، ورغم أنها كانت لا تزال العاشرة صباحاً، إلا أن سْكوت لم يرفض. أفرغ كوبه دفعةً واحدةً، وأشعلَ الشراب الاسكتلندي حريقاً مريحاً في معدته. أخذ إليس رشفتين مُرهَفتين، كما لو أنه يختبر النوعية، ثم أفرغ الباقي في حلقه. "هذا مستحيل"، قال وهو يضع الكوب الفارغ على طاولة جَنبيّة.

أومأ سْكوت برأسه. "سبب آخر لعدم رغبتي التكلم مع الطبيب أدامز".

"لأنه سيكون في النظام"، قال إليس. "مسألة إحصاءات. ونعم، سيضطرّ على أن تخضع لاختبارات لكي يعرف حالتك بالضبط".

رغم أنه لم يقل ذلك، إلا أن سْكوت اعتبر أن كلمة سيضطرّ ملطَّفة جداً. في غرفة المعاينة في عيادة الطبيب أدامز، الجملة التي خطرت على باله كانت سيضعه *في الحجز*. فقرّر في تلك اللحظة بالذات أن يبقى صامتاً ويتكلَّم مع صديقه الطبيب المتقاعد بدلاً من ذلك.

"تبدو 110"، قال إليس. "هل هذا ما تشعر به؟".

"ليس تماماً. شَعَرتُ في الواقع ببعض... التثاقل عندما كان وزني 110. أظن أن هذه ليست كلمة دقيقة، لكنها أفضل ما لديَّ".

"أعتقد أنها كلمة جيدة"، قال إليس، "سواء كانت دقيقة أم لا".

13

"لم يكن الأمر بمجرد أنني كنتُ بديناً جداً، رغم أنني أعرف أنني كنتُ كذلك. كان ذلك، والعمر، و..."

"الطلاق؟"، سأل أليس بأكثر نبرة لطف معهودة لديه.

تنهَّد سْكوت. "بالتأكيد، هذا أيضاً. لقد ألقى ظلاً مظلماً على حياتي. أنا أفضل الآن، أفضل، لكنه لا يزال يُخيِّم فوق رأسي. لا يمكنني أن أكذب بهذا الشأن. لكن جسدياً، لم أشعر بهذا السوء أبداً من قبل، ولا أزال أتمرَّن قليلاً ثلاث مرات في الأسبوع، ولا تنقطع أنفاسي أبداً حتى الشوط الثالث، لكنني أشعر... بتثاقل. لا أشعر هكذا الآن، أو على الأقل ليس بنفس المقدار".

"مزيد من الطاقة".

فكَّر سْكوت، ثم هزَّ رأسه. "ليس تماماً. الأمر أشبه كما لو أن الطاقة التي لديَّ تدوم لفترة أطول".

"لا خمول؟ لا تعب؟".

"لا".

"لا فقدان للشهية؟".

"آكل كالدب".

"سؤال آخر، واعذرني، لكن عليَّ أنا أسأله".

"اسأل أي شيء".

"هذا ليس مقلباً، صح؟ للاستهزاء بالجرّاح العجوز المتقاعد؟".

"على الإطلاق"، قال سْكوت. "أظن أنه لا داعي لأن أسأل إن كنتَ قد رأيت حالة مشابهة، لكن هل قرأت عن هكذا حالة يوماً؟".

هزَّ إليس رأسه. "أنا مثلك، أعود إلى مسألة الملابس دائماً. والأرباع في جيبَي معطفك".

أهلاً بك في النادي، فكَّر سْكوت في سرّه.

"لا أحد يزن نفس الوزن عارياً وكذلك مرتدياً ملابسه. الأمر بديهي مثل الجاذبية".

"هل هناك مواقع ويب طبية يمكنك تصفّحها لترى إن كانت هناك أي حالات أخرى مثل حالتي؟ حتى حالات مشابهة تقريباً؟".

"يمكنني فعل ذلك وسأفعله، لكن يمكنني إخبارك من الآن أنه لن تكون هناك حالات مشابهة". تردَّد إليس. "هذا لا يتخطى حدود خبرتي فحسب، بل ويمكنني أن أقول أنه يتخطى حدود الخبرة البشرية. تباً، أريد أن أقول إنه مستحيل. إذا كان ميزانك وميزاني يزنان بشكل صحيح، وليس لديَّ أي سبب لأظن العكس. ماذا حصل لك يا سْكوت؟ ما كان المنشأ؟ هل... لا أعرف، أُصبتَ بإشعاعات شيء ما؟ ربما تنشَّقت مبيد حشرات سيئ النوعية؟ تذكَّر".

"حاولتُ أن أتذكَّر. على حدّ علمي، لا شيء من هذا القبيل. لكنني أكيد من شيء واحد، وهو أنني أشعر بتحسّن من التكلّم معك. وعدم الاحتفاظ بالمسألة لنفسي". نهض سْكوت وأمسك سترته.

"إلى أين أنت ذاهب؟".

"المنزل. هناك بعض مواقع الويب عليَّ زيارتها. هذه مسألة ذات شأن كبير. رغم أنه عليَّ إخبارك أنها لا تبدو مهمة جداً مثلما كانت تبدو من قبل".

رافقه إليس إلى الباب. "لقد قلتَ إنك لاحَظت خسارة ثابتة في الوزن. بطيئة لكن ثابتة".

"هذا صحيح. حوالي نصف كيلوغرام في اليوم".

"مهما أكلت".

"نعم"، قال سْكوت. "وماذا لو استمر الأمر بهذه الوتيرة؟".

"لن يستمر".

"كيف يمكنك أن تكون أكيداً؟ إذا كانت المسألة خارج الخبرة البشرية؟".

لم يكن لدى الدكتور بوب أي جواب على ذلك.

"ابق فمك مغلقاً بشأن هذه المسألة يا بوب. رجاءً".

"سأفعل إذا وعدتني أن تُطلعني على كل المستجدات. أنا قلق".

"يمكنني فعل هذا".

وَقَفا جنباً إلى جنب عند عتبة البيت يتأملان اليوم. كان يوماً لطيفاً، وأوراق النباتات تقترب من الذروة، والتلال ملتهبة بالألوان. "لننتقل من المتسامي إلى المضحك"، قال الدكتور بوب، "كيف حالك مع سيدتيَّ المطعم على ناصية شارعك؟ سمِعتُ أن لديك بعض المشاكل هناك".

لم يتكبَّد سْكوت عناء سؤال إليس أين سمِع ذلك؛ فكاسل روك بلدة صغيرة، والأخبار تنتشر. افترَض أنها تنتشر بشكل أسرع عندما تكون زوجة الطبيب المتقاعد عضوة في كافة أصناف لجان البلدة ودار العبادة. "إذا سمِعت الآنسة ماكّومب والآنسة دونالدسون أنك تسمّيهما سيدتين، سيضعان إسمك في كتابهما الأسود. ونظراً لمشكلتي الحالية، ليستا على راداري حتى".

* * *

بعد ساعة، جلَس سْكوت في مكتبه، الذي هو جزء من منزل جميل ثلاثي الطبقات في كاسل فيو، فوق وسط البلدة. عنوان باهظ الثمن أكثر مما كان مرتاحاً له، لكن نورا أرادته، وهو أراد نورا. إنها في أريزونا الآن، لذا وجد نفسه مع مكان كبير جداً حتى عندما كانا لا يزالان يعيشان فيه معاً. زائد القط طبعاً. شعَرَ أنها وجَدت صعوبة أكبر

16

في ترك بيل من تركه هو. أدركَ سْكوت أن هذه نقطة فاسقة قليلاً، لكن هكذا هي الحقيقة في أغلب الأحيان.

في وسط شاشة كمبيوتره، وبأحرف لاتينية كبيرة، كانت الكلمات "مواد مسودة موقع هوكشايلد-كوهن 4" معروضة. لم تكن هوكشايلد-كوهن سلسلة المتاجر التي يعمل لها، فهي أقفلت أبوابها منذ أربعين سنة تقريباً، لكن مع مشروع كبير كهذا، لا ضرر من الاحتراس من القراصنة. لهذا السبب ابتكر هذا الإسم المستعار.

عندما نقَر سْكوت نقراً مزدوجاً، ظهرت صورة قديمة لمركز تسوّق هوكشايلد-كوهن (سيُستبدَل في نهاية المطاف بمبنى عصري أكثر بكثير للشركة الفعلية التي وظَّفته)، ومكتوب تحتها: *أنت تُحضِر الإلهام، نحن نُحضِر الراحة.*

هذا الشعار الذي كتبه على عجل هو في الواقع ما جعله يفوز بالمشروع. صحيح أن مهارات التصميم أمر جيد؛ لكن الإلهام والابتكار الذكي للشعارات أمر آخر؛ وعندما يتواجدان معاً لدى الشخص، يكون لديه شيء مميّز. هو كان مميّزاً، وهذه فرصته ليبرهن ذلك، وقد عزم على الاستفادة منها إلى أقصى الحدود. فهو في النهاية سيعمل مع وكالة إعلانات، لقد فهِم ذلك، وسيعدِّلون أسطره ورسومه، لكنه شعرَ أن ذلك الشعار سيبقى. كما ستبقى معظم أفكاره الأساسية. فقد كانت قوية كفاية لتصمد أمام بجموعة من متحذلقي مدينة نيويورك.

نقَر نقراً مزدوجاً مرة أخرى، فظهرت غرفة جلوس على الشاشة. كانت فارغة كلياً؛ لا توجد حتى فتحات الضوء. وخارج النافذة يوجد مَرجٌ صدفَ أن يكون جزءاً من ملعب غولف هايلاند آيكرز، حيث لعِبت ميرا إليس جولات عديدة. علماً أن رُباعيات ميرا تضمَّنت في مناسبات قليلة زوجة سْكوت السابقة التي تعيش الآن (وتلعب الغولف

افتراضياً) في فلاغستاف.

دخَل القط بيل دي، وأطلقَ مواء نعاس، وحفَّ نفسه على رِجله.

"الطعام قريباً"، همسَ سْكوت. "بضع دقائق أخرى". كما لو أن القط يملك أي مفهوم للدقائق بشكل خاص، أو الوقت بشكل عام.

كما لو أنني أملك هذا المفهوم، فكَّر سْكوت في سرّه. الوقت غير مرئي. خلافاً للوزن.

آه، لكن ربما هذا ليس صحيحاً. يمكنك أن تشعر بالوزن، نعم – عندما تحمل الكثير، يجعَلك هذا متثاقلاً – لكن أليست هذه، مثل الوقت، بجرد فكرة بشرية مبدئياً؟ عقارب الساعة، أرقام ميزان الحمّام، أليست بجرد وسائل لمحاولة قياس قوى غير مرئية لها تأثيرات مرئية؟ بجرد جهد طفيف لترتيب واقعٍ كبير يتخطى ما يعتبره البشر واقعاً؟

"انسَ الأمر، ستفقد صوابك".

أطلقَ بيل مواءً آخر، وأعاد سْكوت تركيزه على شاشة الكمبيوتر.

فوق غرفة الجلوس القاحلة كان هناك حقل بحث يحتوي على الكلمات *اختر نمطك!* كتَب سْكوت *أميركي مُبكر*، ودبَّت الحياة في الشاشة، ليس دفعةً واحدةً، لكن ببطء، كما لو أن متسوّقاً حذراً يختار كل قطعة أثاث ويضيفها إلى المشهد: كراسي، أريكة، جدران زهرية رُسمَت بدلاً من أن تورَّق، ساعة شيث توماس، سجادة سيدة منزل على الأرض. موقد فيه شعلة صغيرة مريحة. مصابيح الإعصار المثبَّتة على قضبان خشبية في السقف. كانت هذه لا تنسجم مع ذوق سْكوت كثيراً، لكن مندوبي المبيعات الذين كان يتعامل معهم أحبّوها، وأكَّدوا لسْكوت أن الزبائن المحتملين سيحبّوها أيضاً.

يمكنه تحريك المشهد وتزويد أثاث للردهة وغرفة النوم والمكتب بالنمط الأميركي المُبكر. أو يمكنه العودة إلى حقل البحث وتزويد

الأثاث لتلك الغُرَف الوهمية بنمط استعماري، عسكري، حِرفي، أو نمط الأكواخ. لكن عمل اليوم كان الملكة آنْ. فتَح سْكوت كمبيوتره المحمول وبدأ يختار أثاث العرض.

عاد بيل بعد خمس وأربعين دقيقة، وبدأ يفرك ويموء بإلحاح أكبر.

"حسناً، حسناً"، قال سْكوت، ونَهض. دخَل المطبخ، والقط بيل دي يسير أمامه متزّعماً الميدان رافعاً ذيله في الهواء. كان هناك نبض سِنَّوريّ في خطوات بيل، وشعرَ سْكوت بنبض الحياة يدبّ فيه أيضاً.

ألقى بعض حبوب الفريسكيز في وعاء بيل، وبينما راح القط يأكل بنهمّ، خرَج إلى الشرفة الأمامية ليتنفّس بعض الهواء المنعش قبل أن يعود إلى كراسي سيلبي المجنَّحة، أرائك وينفري، أصَوِنة هُوز العالية، وكلها بقوائم الملكة آنْ المشهورة. اعتبَر أنها من نوع الأثاث الذي تراه في ردهات الجنائز، تلك الأشياء الثقيلة التي تحاول أن تبدو خفيفة، لكن بشطبات مختلفة للأشخاص المختلفين.

كان في الوقت المناسب ليرى "السيدتين"، مثلما يسمّيهما الدكتور بوب، تخرجان من منزليهما وتستديران نحو شارع فيو درايف، بساقَين طويلتين تومضان تحت شورتين قصيرين جداً – أزرق لِديردريه ماكّومب وأحمر لميسِي دونالدسون. كانتا ترتديان قميصين تائيين متماثلين يحملان إسم المطعم اللتين تديرانه في وسط المدينة في شارع كارباين. وخلفهما يسير كلباها البوكسر المتماثلان تقريباً، دام ودي.

تذكَّر الآن ما قاله له الدكتور بوب أثناء مغادرته (الأرجح أنه أراد فقط إنهاء لقائهما بملاحظة خفيفة)، شيء عن وجود مشكلة صغيرة بين سْكوت وسيدتَي المطعم. وهذا صحيح. ليست مشكلة علاقة مرّة، أو مشكلة خسارة غامضة للوزن؛ بل أشبه بتقرّح بارد يرفض أن يزول. كانت دِيردريه المزعجة حقاً بين الاثنتين، دائماً بابتسامتها المتسامحة

قليلاً - التي يبدو أنها تقول ساعدني يا الله على تحمُّل هؤلاء المغفَّلين.

أخذَ سْكوت قراراً مفاجئاً وأسرعَ في العودة إلى مكتبه (واثباً برشاقة فوق بيل، الذي كان مستلقٍ في القاعة) وأمسكَ جهازه اللوحيّ. ركضَ عائداً إلى الشرفة، وفتَح تطبيق الكاميرا.

كانت الشرفة محجوبةً بغربال، مما صعَّب الرؤية، ولم تكن المرأتان تنتبهان له أبداً، على أي حال. ركَضتا بجانب كومة التراب المكدَّس على الجانب البعيد للطريق بحذاءيهما الرياضيين الأبيضين، وشعرهما المربوطان على شكل ذيل حصان يلوحان يميناً ويساراً. وراح الكلبان، البدينان لكن اللذين لا يزالان يافعين ونشيطين جداً، يهرولان خلفهما.

لقد زار سْكوت منزلهما مرتين بسبب هذين الكلبين، وتكلَّم مع دِيردريه في المرتين، وقد رسمت تلك الابتسامة المتشامخة قليلاً على وجهها وهي تُخبره أنها تشكّ حقاً أن كلبيهما يقضيان حاجتهما على مَرجته. وقالت إن فناءهما الخارجي مسوَّرٌ، وإنهما يتصرَّفان بشكل جيد جداً طوال الساعة التي يخرجان فيها كل يوم ("دي ودام يرافقاني ومِيسِي دائماً في ركضنا اليومي").

"أعتقد أنهما يشمّان رائحة قطّي"، قال سْكوت. "إنها مسألة نزاع على المساحة. أتفهَّم ذلك، وأتفَّهم عدم رغبتك بوضع رَسَن لهما عندما تركضان، لكنني سأكون ممنوناً لو تتفحّصان مَرجتي عندما تعودان، وتضبطان الأمور إذا لزم الأمر".

"نضبط الأمور"، قالت دِيردريه، وابتسامتها لا تخبو أبداً. "يبدو هذا عسكرياً قليلاً، لكن ربما هذا طبعي فقط".

"أيّاً تكن التسمية التي تريدين استخدامها".

"سيد كاري، ربما هناك كلبان يقضيان حاجتهما، حسب تعبيرك، على مَرجتك، لكنهما ليسا كلبينا. ربما هناك شيء آخر يقلقك؟ لن

يكون تحيُّزاً ضد الزواج بين شخصين من نفس الجنس، صح؟".

كاد سْكوت يضحك، وكان ذلك ليكون دبلوماسيةً سيئةً – وحتى ترامبية. "على الإطلاق. إنه تحيُز ضد عدم الرغبة بالدَوس على كتلة مفاجئة تركها أحد كلبيكما".

"حديث جيد"، قالت بتلك الابتسامة دائماً (ليست مجنَّنةً، بقدر ما كانت تأمل، لكن مثيرة للغضب بالتأكيد)، وأغلقت الباب في وجهه بلطف لكن بإحكام.

مع تحوُّل الخسارة الغامضة للوزن إلى أبعد شيء يُشغل باله لأول مرة منذ أيام، راقَب سْكوت المرأتين تركضان نحوه وكلباهما يتبختران ببسالة في أعقابهما. كانت دِيردريه ومِيسِي تتكلَّمان بينما تركضان، وتضحكان بشأن شيء ما، وخدّاهما المتورِّدان يلمعان من العرق والصحة الجيدة. من الواضح أن المرأة ماكّومب هي العدّاءة الأفضل بين الاثنتين، ومن الواضح أيضاً أنها كانت تُبطئ قليلاً لتبقى مع شريكتها. كانتا لا تنتبهان للكلبين أبداً، وبالكاد يمكن اعتبار هذا إهمالاً؛ فشارع فيو درايف لم يكن مزدحماً، خاصة في منتصف النهار. ولا مفرّ من أن يقرّ سْكوت أن الكلبين بارعان في الابتعاد عن الطريق. على الأقل كانا مدرَّبين جيداً في هذه المسألة.

لن يحصل الأمر اليوم، فكّر في سرّه. لا يحصل أبداً عندما تكون مستعداً. لكنه سيكون لطيفاً مسح تلك الابتسامة المراوغة الصغيرة عن وجه الآنسة ماكّومب –

لكنه حصل. فقد انحرف أحد الكلبين، ثم تبِعه الآخر. ركَض دي ودام إلى مَرجة سْكوت وقرفصا جنباً إلى جنب. رفعَ سْكوت جهازه اللوحيّ والتقط ثلاث صور فوتوغرافية سريعة.

* * *

في ذلك المساء، بعد عشاء مُبكر من معكرونة الكاربونارا ثم قطعة من حلوى الجبنة بالشوكولا، صعد سْكوت على ميزانه الأوزيري وكله أمل، مثلما أصبح يأمل دائماً هذه الأيام، أن تكون الأمور قد بدأت تسير أخيراً في الاتجاه الصحيح. لكن لا. فرغم وجبة الطعام الكبيرة التي التهمها للتو، أبلَغه الأوزيري أن وزنه انخفض إلى 95.6 كيلوغرامات.

كان بيل يراقبه عن مقعد المرحاض المُغلق، وذيله ملفوف بشكل أنيق حول كفَّيه. "حسناً"، أخبَره سْكوت، "ليكن ما يكون، صح؟ على غرار ما كانت نورا تقول عندما تعود من أحد اجتماعاتها تلك، الحياة هي ما نجعلها تكون عليه والتقبُّل هو سر كل شؤوننا".

تثاءب بيل.

"لكننا نغيِّر أيضاً الأشياء التي نستطيع تغييرها، أليس كذلك؟ دافع عن الحصن. أنا ذاهب في زيارة".

أمسَك جهازه الآيباد وهروَلَ الأربعمئة متر إلى بيت المزرعة المرمَّم حيث تعيش ماكّومب ودونالدسون منذ أن فتحتا متجر "الفاصوليا الشقية" قبل ثمانية أشهر تقريباً. كان يعرف مواعيدهما جيداً، بالطريقة المرتجَلة التي يعرف بها المرء مواعيد مجيء جيرانه وذهابهم، وهذا الوقت سيكون جيداً لإيجاد دِيردريه لوحدها. كانت مِيسِي الطبّاخة في المطعم، وتغادر عادة لتبدأ تحضيرات العشاء حوالي الثالثة. أما دِيردريه، التي كانت النصف الصريح في الشراكة، فتصل حوالي الخامسة. كانت هي المسؤولة، وفق ما يظنّه سْكوت، في العمل وفي المنزل معاً. كانت مِيسِي دونالدسون تثير إعجابه كشيء صغير جميل ينظر إلى العالم بمزيج من الخوف والدهشة. ويظن أن الأول أكثر من الثاني. هل تعتبر ماكّومب نفسها حامية مِيسِي وشريكتها في آن؟ ربما. على الأرجح. صعد الدرجات ورنَّ جرس الباب. عندها بدأ دي ودام ينبحان

في الفناء الخارجي.

فتَحت دِيردريه الباب مرتديةً فستاناً ملائماً لشكل جسمها لا ريب أنه يبدو مذهلاً عندما تقف على منصة المضيفة لتشير للزبائن إلى طاولاتهم. كانت عيناها المائلتان قليلاً إلى الأعلى عند الزوايا أفضل ميزة لديها، مزيجٌ فاتنٌ من الأخضر والرمادي.

"آه، سيد كاري"، قالت. "كم تسرّني رؤيتك حقاً". والابتسامة التي قالت كم مضجرةٌ رؤيتك حقاً. "أودّ أن أدعوك للدخول، لكن عليَّ الذهاب إلى المطعم. الكثير من الحجوزات هذه الليلة. مصوِّرو أوراق الأشجار، أنتَ تعرف".

"لن أؤخِّرك"، قال سْكوت، مبتسماً ابتسامته. "جئتُ فقط لأُريك هذا". ورَفَع جهازه الآياد لكي تتمكن من مشاهدة دي وِدام يقرفصان على مَرجته الأمامية ويتبرَّزان معاً.

بقيت تنظر إلى الصورة لوقت طويل، والابتسامة تخفت تدريجياً. لكن رؤيته ذلك لم تعطه متعةً بالقدر الذي كان يتوقَّعه.

"حسناً"، قالت أخيراً وقد زال الإيقاع الاصطناعي من صوتها. بدت من دونه مُتعَبةً وأكبر من عمرها، الذي يقارب الثلاثين. "لقد فزتَ".

"المسألة ليست مسألة فوز، صدِّقيني". فور خروج هذه الكلمة من فمه، تذكَّر سْكوت أستاذ الكلية يعلِّق يوماً قائلاً إنه عندما يضيف شخصٌ كلمة صدِّقني إلى جملته، يجب أن تنتبه.

"إذاً فقد أوضحتَ وجهة نظرك. لا يمكنني القدوم وإزالتها الآن، ومِيسِي ذهبت إلى العمل من قبل، لكنني سأزيلها بعد أن نُغلق المطعم. لن تحتاج حتى إلى إنارة ضوء شرفتك. يجب أن أكون قادرةً على رؤية... المخلَّفات... على ضوء عمود الإنارة".

"لستِ بحاجة إلى فعل ذلك". بدأ سْكوت يشعر أنه لئيم قليلاً. ومخطئاً، بطريقة أو بأخرى. *لقد فزتَ*، قالت. "لقد وضَعتها في كيس من قبل. أنا فقط..."

"ماذا؟ أردتَ أن تتفوَّق عليَّ؟ إذاً فقد أنجزتَ المهمة. من الآن وصاعداً سأركض وميسِي في المنتزه. لن تضطر هناك إلى التبليغ عنا إلى السلطات المحلية. شكراً، وطاب مساؤك". بدأت تُغلق الباب.

"مهلاً لحظة"، قال سْكوت. "رجاءً".

نظَرت إليه عبر الباب نصف المُغلق، بوجهٍ خالٍ من أي تعبير.

"الذهاب إلى شاب مكافحة الحيوانات بسبب كومة صغيرة من براز كلب مسألة لم تخطر على بالي أبداً يا آنسة ماكّومب. اسمعي، أردتُ فقط أن نكون جيراناً جيدين. مشكلتي الوحيدة كانت الطريقة التي صدَّيتماني بها. ورفضتما أن تأخذاني على محمل الجد. ليس هكذا يتصرَّف الجيران الجيدون. على الأقل ليس هنا".

"آه، نعرف تماماً كيف يتصرَّف الجيران الجيدون"، قالت. "هنا". عادت الابتسامة المتشامخة قليلاً، وأغلَقت الباب وهي لا تزال مرسومة على وجهها. لكن ليس قبل أن يلمح بريقاً في عينيها ربما كان دموعاً.

نعرف تماماً كيف يتصرَّف الجيران الجيدون هنا، فكَّر في سرّه وهو ينزل التلة. ماذا قصدَت؟

* * *

اتصل به الدكتور بوب بعد يومين ليسأله إن حصل أي تغيير، فأخبَره سْكوت أن الأمور تتقدَّم كما من قبل. لقد انخفض وزنه إلى 94. "الوتيرة اللعينة نظامية جداً. والصعود على ميزان الحمّام يشبه مراقبة الأرقام تسير عكسياً على عدّاد المسافات في السيارة".

"لكن لا يزال لا يوجد أي تغيير في مقاييسك الجسدية؟ حجم الخصر؟ حجم القميص؟".

"لا يزال مقاس خصري أربعين ومقاس فخذي أربعة وثلاثين. لا أحتاج إلى شدّ حزامي أو إرخائه، رغم أنني آكل مثل الغول. بيض ولحم مقدَّد ونقانق على الفطور. وصلصات على كل شيء في الليل. لا شك أنني أتناول ثلاثة آلاف سعرة حرارية على الأقل في اليوم. وربما أربعة آلاف. هل أجريتَ أي بحث؟".

"نعم"، قال الدكتور بوب. "على حدّ علمي، لم تحصل حالة مثل حالتك أبداً. هناك تقارير سريرية كثيرة عن أشخاص لديهم أيضٌ سريعٌ — أشخاص يأكلون مثل الغول، على حد تعبيرك، ولا يزالون نحيلين — لكن لا حالات عن أشخاص يبقى وزنهم نفسه سواء كانوا عراة أو مرتدين ملابسهم".

"آه، لكن الأمر أكثر من ذلك بكثير"، قال سْكوت، وهو يبتسم مرة أخرى. أصبح يبتسم كثيراً هذه الأيام، وهذا كان مجنوناً على الأرجح، نظراً للظروف. كان يخسر وزنه مثل مريض بالسرطان في مراحله الأخيرة، لكن العمل يسير بنشاط كبير ولم يشعر بهذا الابتهاج أبداً من قبل. أحياناً، عندما يحتاج إلى استراحة من شاشة الكمبيوتر، يضَع بعض موسيقى الموتاون ويرقص في الغرفة والقط بيل دي يحدِّق فيه كما لو أنه أُصيب بالجنون.

"أخبرني المزيد".

"وزني هذا الصباح 94 بالضبط. مباشرة من تحت الدُش وعارياً تماماً. أخرجتُ أثقال اليد من الخزانة، ذات التسعة كيلوغرامات، ووقفتُ على الميزان حاملاً ثقلاً في كل يد. أيضاً 94 بالضبط".

صمتٌ على الطرف الآخر للحظة، ثم قال إليس، "أنت تهزأ بي".

"بوب، أُقسِم لك".

مزيد من الصمت، ثم: "الأمر كما لو أنه يوجد حولك نوعٌ من مجالات القوى المنفِّرة للوزن. أعرف أنك لا تريد أن يُهزأ بك، لكن هذا الشيء جديد كلياً. وخطير. يمكن أن تكون هناك عواقب لا نستطيع حتى تصوّرها".

"لا أريد أن أكون عجيب الخِلقة"، قال شْكوت. "ضع نفسك في مكاني".

"هلاّ فكّرت بالمسألة على الأقل؟".

"لقد فكّرت بها، وكثيراً. ولست متحمساً لأكون جزءاً من لائحة مشاهير الصحافة الصفراء، وصورتي مباشرة بين *النشرة الإعلانية الليلية والرجل النحيل*. كما أن لديَّ عملي لأُنهيه. لقد وعدتُ نورا بحصة من المال رغم أن معاملات الطلاق انتهت قبل أن أحصل على المشروع، وأنا متأكد تماماً أنه يمكنها الاستفادة منه".

"كم من الوقت ستحتاج لإنهائه؟".

"ربما ستة أسابيع. بالطبع ستجري مراجَعات واختبارات ستُبقيني مشغولاً في السنة الجديدة، لكن ستة أسابيع لإنهاء العمل الرئيسي".

"إذا استمرّ هذا بنفس الوتيرة، سيصبح وزنك وقتها حوالي 75".

"لكنني لا أزال أبدو مثل رجل جبّار"، قال شْكوت وضحِك.

"تبدو مبتهِجاً بشكل ملحوظ، إذا ما أخذنا ما يجري معك".

"أشعر بالابتهاج. قد يكون هذا غريباً جداً، لكنه حقيقي. أعتقد أحياناً أن هذا هو أفضل برنامج لخسارة الوزن في العالم".

"نعم"، قال إليس، "لكن أين ينتهي؟".

* * *

بعد مدة قصيرة من محادثته الهاتفية مع الدكتور بوب، سمِع سْكوت قرعاً خفيفاً على باب منزله. لو كان قد رفع صوت موسيقاه قليلاً – كان دور فرقة الرامونز اليوم – لما تمكّن من سماع القرع أبداً، ولكان زائره قد غادر. مرتاحاً على الأرجح، لأنه عندما فتَح باب المنزل، كانت مِيسِي دونالدسون تقف هناك، وبدت خائفة جداً. كانت هذه أول مرة يراها منذ أن التقط صور دي ودام يقضيان حاجتيهما على مَرجته. افترَض أن دِيدريه تفي بوعودها دائماً، وأن المرأتين تدرِّبان كلبيهما الآن في منتزه البلدة. فلو كانتا تسمحان للكلبين بالركض حرَّين طليقَين هناك، لفقَدَ شاب مكافحة الحيوانات صوابه حقاً، مهما كانا حسنَي التصرّف. للمنتزه قانون بشأن الرَسَن. وقد رأى سْكوت اللافتات.

"آنسة دونالدسون"، قال. "أهلاً".

كانت هذه أيضاً أول مرة يراها فيها لوحدها، وانتبه جيداً لعدم عبوره العتبة أو قيامه بأي حركة مفاجئة. بدت كما لو أنها ستقفز نزولاً على درجات منزله وتهرب مثل غزال لو فعلَ ذلك. كانت شقراء، غير جميلة مثل شريكتها، لكنها ذات وجه جميل وعينين زرقاوين صافيتين. كان هناك ضُعف فيها، شيء ذكَّر سْكوت بالأطباق الصينية الزخرفية لأمه. كان صعباً تخيُّل هذه المرأة في مطبخ مطعم، تنتقل من وعاء إلى آخر ومن مقلاة إلى أخرى في البخار، تُعدّ أطباق الخُضار وتأمر مساعديها بينما تفعل ذلك.

"هل يمكنني مساعدتك؟ هل تودّين الدخول؟ لديَّ قهوة... أو شاي، إذا كنت تفضّلين".

كانت تهزّ رأسها قبل أن يصبح في منتصف هذه العروض التقليدية لحسن الضيافة، وتفعل ذلك بعنفٍ كافٍ لجعل ذيل حصانها

يقفز من كتف إلى أخرى. "أتيتُ فقط لأعتذر. عن دِيردريه".

"لا حاجة لذلك"، قال. "ولا حاجة أيضاً لتأخذا كلبيكما كل تلك المسافة إلى المنتزه. كل ما أطلبه هو أن تحملا كيسَين من أكياس البراز وتتفحّصا مَرجتي في طريق عودتكما. أنا لا أطلب الكثير، أليس كذلك؟".

"لا، على الإطلاق. حتى إني اقترحتُ ذلك على دِيردريه. كادت تقطع لي رأسي".

تنهَّد سْكوت. "آسف لسماع هذا. آنسة دونالدسون–"

"يمكنك مناداتي مِيسِي، إذا أردت"، قالت مُخفضةً عينيها ومتورِّدةً خجلاً قليلاً، كما لو أنها أبدت ملاحظةً قد تُعتبر ماجنة الإيحاء.

"هذا يسرّني. لأن كل ما أريد لنا أن نكون جيراناً جيدين. معظم الأشخاص هنا في هذا الشارع هكذا. ويبدو أني بدأتُ بداية غير موفَّقة، رغم أني لا أعرف كيف كان يمكنني أن أبدأ بداية موفَّقة".

قالت وهي لا تزال تُخفض نظرها، "نحن هنا منذ ثمانية أشهر تقريباً، والمرة الوحيدة التي كلَّمتنا – كلَّمت إحدانا – بها حقاً كانت عندما أحدثَ كلبانا فوضى على مَرجتك".

كان هذا أكثر صدقاً مما أحبَّ سْكوت. "جئتُ إليكما ومعي كيس كعكات دونات بعد أن انتقلتما للعيش هنا"، قال (بضعف نوعاً ما)، "لكنكما لم تكونا في المنزل".

اعتقَد أنها ستسأله لماذا لم يحاول مرة أخرى، لكنها لم تفعل ذلك.

"أتيتُ لأعتذر عن دِيردريه، لكنني أردتُ شرح موقفها أيضاً".

رَفَعت عينيها إلى عينيه. من الواضح أنها احتاجت إلى جهد لتفعل ذلك – كانت يداها مشدودتين عند خصر سروالها الجينز – لكنها

فعلت ذلك. "ليست غاضبة منك، حقاً... حسناً، إنها غاضبة، لكنك لستَ الوحيد. إنها غاضبة من الجميع. كانت كاسل روك خطأ. أتينا إلى هنا لأن المكان كان مناسباً للأعمال تقريباً، كان السعر ملائماً، وأردنا الخروج من المدينة – أعني بوسطن. عرَفنا أنها مخاطرة، لكنها بدت مخاطرة مقبولة. والبلدة جميلة جداً. حسناً، أظن أنك تعرف هذا".

أومأ سْكوت برأسه.

"لكننا سنخسر المطعم على الأرجح. إذا لم يصطلح الوضع في يوم العشّاق، بالتأكيد. هذا هو السبب الوحيد الذي جعلها تقبل أن يضعوها على ذلك المُلصق الإعلاني. لن تتكلَّم عن كيف هي الأمور السيئة، لكنك تعرفه. كلانا يعرفه".

"قالت شيئاً عن مصوِّري أوراق الأشجار... والجميع يقولون إن الصيف الفائت كان جيداً جداً...".

"كان الصيف جيداً"، قالت مع بعض الحركة الخفيفة أكثر الآن. "أما بالنسبة لمصوِّري أوراق الأشجار، فقد استقبلنا بعضهم، لكن معظمهم يذهبون غرباً أكثر، إلى نيو هامبشاير. تتضمن كونواي الشمالية كل متاجر المصانع تلك للتسوّق فيها، والمزيد من النشاطات السياحية للقيام بها. أظن أنه عندما يحلّ الشتاء، سنستقبل المتزلّجين المارّين من هنا في طريقهم إلى بيثل أو شوغرلوف...".

كان سْكوت يعرف أن معظم المتزلّجين يتجاوزون بلدة روك، فيسلكون الدرب 2 إلى مناطق التزلّج في ماين الغربية، لكن لماذا يكدّرها أكثر مما هي عليه من قبل؟

"فقط عندما يحلّ الشتاء، سنحتاج إلى السكان المحليين لمساندتنا. أنتَ تعرف كيف تجري هذه الأمور، لا شك أنك تعرف. يتاجر السكان المحليون مع السكان المحليين الآخرين خلال الطقس البارد،

وهذا يكفي فقط ليسدّوا حاجتهم إلى أن يعود المصطافون. متجر الأجهزة، مخزن الأخشاب، مطعم پاتسي الصغير... يصمدون في الأشهر العجاف. لكن لا يأتي العديد من السكان المحليين إلى الفاصوليا الشقية. البعض، لكن العدد غير كافٍ. تقول دِيردريه إن السبب ليس فقط لأننا مثليتان جنسياً، بل لأننا مثليتان جنسياً متزوجتان. لا أحبّ اعتبار أنها محقّة... لكنني أعتقد أنها محقّة".

"أنا متأكد..."، وانخفتَ صوته. أن هذا غير صحيح؟ كيف يمكنه أن يعرف، في حين أنه حتى لم يفكّر في الأمر أبداً؟

"متأكد من ماذا؟"، سألت. ليس بنبرة متعجرفة، بل بنبرة فضولية حقاً.

تذكّر ميزان حمّامه مرة أخرى، والطريقة القاسية التي تتدحرَج بها الأرقام إلى الخلف. "في الواقع، لستُ متأكداً من شيء. إذا كان هذا صحيحاً، فهذا يوسفني".

"يجب أن تزورنا على العشاء يوماً ما"، قالت. ربما كانت هذه طريقة ساخرة لإخباره أنها تعرف أنه لن يتناول أبداً وجبة طعام في الفاصوليا الشقية، لكنه لم يعتقد ذلك. لم يعتقد أن التجريح من طباع هذه الشابة.

"سأفعل"، قال. "أفترض أنكما تطبخان الفاصوليا؟".

ابتسمت. هذا جعل وجهها يُضيء. "آه نعم، عدة أصناف".

ابتسم بدوره. "أظن أنه سؤال غبي".

"يجب أن أذهب، سيد كاري–"

"سْكوت".

أومأت برأسها. "حسناً، سْكوت. سرّني التكلّم معك. احتجتُ إلى كل شجاعتي لآتي إلى هنا، لكنني مسرورة أنني فعلتُ ذلك".

مدَّت يدها. فصافحها سْكوت.

"مجرد معروف واحد. إذا صدفَ ورأيتَ دِيردريه، سأكون ممنونة إن لم تذكر لها زيارتي هذه".

"اتفقنا"، قال سْكوت.

* * *

اليوم التالي بعد زيارة مِيسِي دونالدسون، وبينما كان جالساً وراء المنضدة في مطعم پاتسي الصغير يُنهي غداءه، سِمع سْكوت شخصاً خلفه على إحدى الطاولات يقول شيئاً عن "مطعم المثليتين". وتبع ذلك بعض الضحك. نظَر سْكوت إلى قطعة فطيرة تفاحه نصف المأكولة وبوظة الفانيليا التي تحوم حولها الآن. لقد بدت لذيذة عندما وضعتها پاتسي أمامه، لكنه لم يعد يريدها.

هل سِمع هكذا ملاحظات في السابق، وصفّاها من ذهنه ببساطة، مثلما يفعل مع معظم الثرثرة غير المهمة (بالنسبة له، على الأقل) التي يسمعها بالصُدفة؟ لم تعجبه هذه الفكرة، لكنها كانت ممكنة.

سنخسر المطعم على الأرجح، قالت. علينا الاتكال على السكان المحليين لمساندتنا.

لقد استخدَمت الصيغة الشرطية، كما لو أن هناك لافتة "للبيع أو الإيجار" معلَّقة من قبل على نافذة الفاصوليا الشقية.

نهض، وترك بقشيشاً تحت طبقه، ودفع الفاتورة.

"ألم تستطع إنهاء الفطيرة؟"، سألت پاتسي.

"كانت عينايَ أكبر قليلاً من معدتي"، قال سْكوت، وهذا لم يكن صحيحاً. كانت عيناه ومعدته بنفس الحجم الذي كانتا عليه دائماً؛ فقط أصبح وزنهما أخفّ. كان الشيء المدهش أنه لم يعد يهتم

بعد الآن، أو حتى يقلق كثيراً. قد تكون هذه حالة لم يسبق لها مثيل، لكن خسارة وزنه الثابتة تغيب عن ذهنه أحياناً. مثلما حصل عندما كان ينتظر ليلتقط صورة دي ودام يقرفصان على مَرجته. وهذا حصل الآن. فما كان يشغل باله في هذه اللحظة هو تلك النكتة عن المثليتين.

كان هناك أربعة شباب جالسين إلى الطاولة التي جاءت منها الملاحظة، زملاء بِمان في ملابس العمل. صف خوذات جالسة على عتبة النافذة. كان الرجال يرتدون سترات برتقالية مطبوع عليها: دائرة الأشغال العامة في كاسل روك.

تجاوزهم سْكوت إلى الباب، وفتحه، ثم غيَّر رأيه وذهَب إلى الطاولة حيث يجلس طاقم العمّال. تعرَّف على اثنين منهم، فقد لعِب البولينغ مع أحدهم، روني بريغز. من أبناء البلدة، مثله. جيران.

"تعرفون أمراً، من المستهجَن أن تقولوا أمراً كهذا".

رفعَ روني نظره، مُحتاراً، ثم تعرَّف على سْكوت وابتسم. "أهلاً، سْكوتي، كيف حالك؟".

تجاهَله سْكوت. "تلك المرأتان تعيشان مقابل منزلي تماماً. ولا بأس بهما". حسناً، لا بأس بِميسِي. أما ماكّومب فلم يكن متأكداً.

شبكَ أحد الرجال الآخرين ذراعيه فوق صدره العريض وحدَّق في سْكوت. "هل كنتَ مشاركاً في هذه المحادثة؟".

"لا، لكن-"

"صح. لذا اغرب عن وجهي".

"-لكن لم يكن من مفرّ إلا أن أسمعها".

كان مطعم پاتسي صغيراً، لكن مزدحماً دائماً عند استراحة الغداء ويعبق بالثرثرة. والآن توقفت الأحاديث وصرير الشوَك على الأطباق. واستدارت الرؤوس. وَقَفت پاتسي بجانب آلة تسجيل النقود، متيقِّظة

من اندلاع أي إشكال.

"مرة أخرى، اغرب عن وجهي. ما نتكلَّم عنه ليس شأنك".

نهض روني على عجل. "سْكوتي، لماذا لا أخرج معك؟".

"لا داعي لذلك"، قال سْكوت. "لا أحتاج إلى مرافقة، لكن عليَّ أن أقول شيئاً أولاً. إذا أكلتَ هناك، يكون الطعام شأنك. يمكنك انتقاده كيفما شئت. لكن ما تفعله تلك المرأتان في بقية حياتهما ليس شأنك. مفهوم؟".

الرجل الذي كان قد سأل سْكوت إن دُعي للمشاركة في محادثتهم فك شبك ذراعيه ونهض. لم يكن بطول سْكوت، لكنه أصغر سناً وعضليّ. وقد عبقَ عنقه الغليظ وخدّاه بالاحمرار. "تحتاج إلى أخذ فمك الثرثار من هنا قبل أن ألكمك عليه".

"توقفا، توقفا حالاً"، قالت باتسي بحدّة. "سْكوتي، عليك أن تغادر".

خرَج من المطعم الصغير من دون جدال، وملأ رأتيه بهواء أكتوبر البارد. سمِع طرقاً على الزجاج خلفه. استدار سْكوت ورأى صاحب العنق الغليظ ينظر إلى الخارج. رفعَ إصبعاً كما لو أنه يقول *انتظر لحظة*. كانت هناك كافة أصناف المُلصقات الإعلانية على نافذة باتسي. فنزعَ صاحب العنق الغليظ أحدها، وسار إلى الباب، وفتحه.

كوّر سْكوت قبضتيه. لم يدخل في عراك تلاكم منذ أيام المدرسة (معركة ملحمية دامت خمس عشرة ثانية، وُجِّهَت فيها ست لكمات، أربعة منها لم تُصب هدفها)، لكنه أصبح متشوّقاً فجأة إلى خوض هذا العراك. شَعَر بخفّة في قدميه، وكان أكثر من جاهز للمعركة. لم يكن غاضباً، بل سعيداً. متفائلاً.

عُمّ مثل فراشة، اِلسع مثل نحلة، فكَّر في سرّه. هيا أيها البطل.

لكن صاحب العنق الغليظ لم يرغب أن يتعارك. بل جعَّد المُلصق الإعلاني ورماه على الرصيف عند قدمَي سْكوت. "هذه حبيبتك"، قال. "خذها إلى المنزل ومتِّع نفسك فوقها، لِما لا؟ ما عدا الاغتصاب، سيكون هذا أقرب شيء لمجامعتها أيها اللعين".

عاد إلى الداخل وجلس مع رفاقه، وعلامات الرضى بادية على وجهه: خُتمت القضية. مُدركاً أن الجميع في المطعم الصغير ينظرون إليه عبر النافذة، انحنى سْكوت، ورفعَ المُلصق الإعلاني المتجعِّد، ومشى نحو وجهة غير محدَّدة، لكي يبتعد عن الأنظار المحدّقة فيه. لم يشعر بالخجل من نفسه، أو بالغباء لبدء شيءٍ في المطعم الصغير الذي يأكل فيه نصف سكان بلدة روك غداءهم، لكن كل تلك العيون المهتمة كانت مزعجة. جَعَلته يتساءل لماذا يريد أي شخص أن يصعد إلى منصة لكي يغني أو يمثّل أو يُخبِر نكاتاً.

نعَّم كُرة الورق، وأول فكرة خطرت على باله كانت شيئاً قالته مِيسِي دونالدسون: *هذا هو السبب الوحيد الذي جعلها تقبل أن يضعوها على ذلك المُلصق الإعلاني*. "يضعوها"، بدا له أن الضمير في هذه الكلمة يشير إلى لجنة كاسل روك لسباق الديوك الرومية.

في وسط الورقة توجد صورة دِيردريه ماكّومب. كان هناك عدّاؤون آخرون، معظمهم خلفها. وهناك رقم 19 كبير ملصقاً على زنّار شورتها الأزرق الصغير جداً. وفوقه قميصٌ تائيٌّ مطبوع على جهته الأمامية "ماراثون مدينة نيويورك 2011". وعلى وجهها تعبيرٌ لم يكن سْكوت ليربطه بها: سعادة هانئة.

يقول نص الصورة: *دِيردريه ماكّومب، المالكة المشتركة لمطعم الفاصوليا الشقية، أحدث مكان لعشاء فاخر في كاسل روك، تقترب من خط نهاية ماراثون مدينة نيويورك، حيث حلَّت في المرتبة الرابعة في*

كانت التفاصيل تحت نص الصورة. سيُقام سباق كاسل روك السنوي بمناسبة ذكرى الشُكر يوم الجمعة الذي يلي الذكرى، انطلاقاً من مركز الترفيه في كاسل فيو ومنتهياً في وسط المدينة، على جسر القصدير. كل الأعمار مسموحة، ورسم دخول الراشدين خمسة دولارات للسكان المحليين، وسبعة دولارات لغير المحليين، ودولارين لما دون الخامسة عشرة، سجّل إسمك في مركز كاسل روك للترفيه.

بالنظر إلى السعادة على وجه المرأة في الصورة – سعادة العدّاء في ذروتها – فهِم سْكوت أن مِيسِي لم تكن تبالغ بشأن متوسط العمر المتوقَّع للفاصوليا الشقية. لم تكن تبالغ أبداً. كانت دِيردريه ماكّومب امرأة فخورة بنفسها كثيراً، وسريعة – سريعة جداً، برأي سْكوت – في اعتبار كلام الآخرين إساءة لها. والأرجح أن سماحها باستخدام صورتها بهذه الطريقة كان لمجرد ورود عبارة "أحدث مكان لعشاء فاخر في كاسل روك" تحتها. أي شيء، أي شيء على الإطلاق، لإحضار بضعة زبائن إضافيين، ولو فقط لكي يُبدوا إعجابهم بتلك الساقين الطويلتين الواقفتين بجانب محطة المضيفة.

طوى المُلصق الإعلاني، ووضعه في الجيب الخلفي لسرواله الجينز، وسار ببطء في الشارع الرئيسي، وراح ينظر إلى نوافذ المتاجر. كانت هناك مُلصقات إعلانية عليها كلها – مُلصقات إعلانية للعشاء السنوي، مُلصقات إعلانية لسوق التخفيضات العملاق الذي سيُقام هذه السنة في مرأب السيارات في أكسفورد بلاينز، مُلصقات إعلانية للاحتفال في دار العبادة وعشاء تشارُك الطعام في مركز الإطفاء. رأى المُلصق الإعلاني لسباق الديوك الرومية على نافذة متجر كاسل روك

لبيع الكمبيوترات وتصليحها، لكن ليس في أي مكان آخر إلى أن وَصَل إلى "خلوة الكتاب"، وهو مبنى صغير جداً في نهاية الشارع.

دخَل، وراح يستعرض الكتب قليلاً، وأمسك كتاباً مصوَّراً عن طاولة الحسومات: *التجهيزات والأثاث في نيو إنغلاند*. قد لا يحتوي على أي شيء يمكنه استخدامه في مشروعه – حيث شارفت المرحلة الأولى على الانتهاء، على أي حال – لكن المرء لا يعرف أبداً. بينما كان يدفع ثمنه لمايك بادالامنتي، المالك والموظف الوحيد، لاحظَ المُلصق الإعلاني على النافذة، وذكرَ أن المرأة التي فيه جارته.

"نعم، بقيت دِيردريه ماكّومب عدّاءة نجمة لعشر سنوات تقريباً"، قال مايك وهو يضع له الكتاب في كيس. "كانت لتشارك في الألعاب الأولمبية عام 2012 لو لم تكسر كاحلها. حظ سيئ. حتى إنها لم تحاول المشاركة في العام 2016، حسب علمي. أظن أنها تقاعدت من المنافسات الكبيرة الآن، لكن لا يسعني الانتظار لكي أركض معها هذه السنة". ابتسم. "لا أقصد أنني سأركض إلى جانبها طويلاً، حالما يُطلَق مسدس الانطلاق. ستقضي على كل منافسة لها بسهولة".

"الرجال والنساء معاً؟".

ضحِك مايك. "يا صديقي، لم يسمّوها برق مولدن اعتباطياً. مولدن هو المكان الذي جاءت منه أصلاً".

"رأيتُ مُلصقاً إعلانياً في مطعم باتسي، وواحداً على نافذة متجر الكمبيوترات، وآخر على نافذتك. لكن ليس في أي مكان آخر. لماذا؟".

زالت ابتسامة مايك. "لا شيء للفخر بها. إنها مثلية جنسياً. ربما كان لا بأس بذلك لو احتفظت به لنفسها – لا أحد يهتمّ بما يجري خلف الأبواب المُغلقة – لكن كان عليها أن تقدِّم تلك التي تطبخ في

مطعم الفاصوليا كزوجة لها. الكثير من الأشخاص هنا يعتبرون هذا صفعةً قويةً على وجوههم".

"لذا فالمتاجر ترفض أن تضع المُلصق الإعلاني، رغم أن رسوم الدخول تفيد مركز الترفيه؟ لمجرد أن صورتها عليه؟".

بعد رمي صاحب العنق الغليظ المُلصق الإعلاني من المطعم الصغير عليه، لم تكن هذه أسئلة حقيقية حتى، بل لمجرد وسيلة لتتوضّح الصورة في ذهنه. شَعَر بطريقة من الطرق مثلما شَعَر في العاشرة من عمره، عندما أجلَسَ أخ أفضل صديق لديه الفتيان الأصغر منه سناً وأخبَرهم حقائق الحياة. الآن مثل وقتها، تكوَّنت لدى سْكوت فكرة غامضة عن الموضوع بأكمله، لكن الخصوصيات بقيت مدهشة بالنسبة له. الأشخاص يفعلون ذلك حقاً؟ نعم، يفعلون ذلك. ويبدو أنهم يفعلون هذا أيضاً.

"ستُستبدل بمُلصقات جديدة"، قال مايك. "أنا أعرف لأني عضو في اللجنة. إنها فكرة العُمدة كافلين. أنتَ تعرف داستي، ملك التسويات. سيُظهِر المُلصق الجديد بمجموعة ديوك رومية تركض في الشارع الرئيسي. لم يعجبني، ولم أصوِّت له، لكنني أفهم الأسباب. البلدة تعطي مركز الترفيه مبلغاً زهيداً، ألفَي دولار. وهذا لا يكفي لصيانة الملعب، ناهيك عن كل الأمور الأخرى التي نفعلها. بينما سباق الديوك الرومية يُدخِل لنا حوالي خمسة آلاف دولار، لكن علينا الترويج له بأنفسنا".

"لذا... لمجرد أنها مثلية جنسياً...".

"مثلية جنسياً متزوجة. هذا أمر يقصم الظهر بالنسبة للكثيرين. أنتَ تعرف كيف هي مقاطعة كاسل يا سْكوت، فقد عشتَ هنا لحوالي خمس وعشرين سنة، أليس كذلك؟".

"أكثر من ثلاثين".

"أجل، وأنت جمهوري صلب. جمهوري مُحافِظ. صوَّتت المقاطعة لترامب بنسبة ثلاثة إلى واحد في انتخابات العام 2016 ويعتبرون أن حاكمنا الغبي يسير على الماء. لو أبقت تلك المرأتان زواجهما سراً لما كانت هناك مشكلة، لكنهما لم تفعلا ذلك. والآن هناك أشخاص يعتبرون أنهما تحاولان ترسيخ فكرة ما. أنا شخصياً أعتبر أنهما إما تجهلان المناخ السياسي هنا أو أنهما غبيتين". صمتَ قليلاً. "لكن طعامهما لذيذ. هل زرتَ مطعمهما؟".

"ليس بعد"، قال سْكوت، "لكنني أنوي زيارته".

"حسناً، لا تنتظر طويلاً"، قال مايك. "تعالَ السنة القادمة في مثل هذا الوقت وستجد هناك على الأرجح متجر بوظة مكانه".

الفصل 2

الفاصوليا الشقية

بدلاً من الذهاب إلى المنزل، مثلما كان ينوي أن يفعل، سار سْكوت إلى حديقة البلدة ليتصفَّح كتابه الجديد وينظر إلى الصور الفوتوغرافية. تنزَّه عند الجهة الأخرى للشارع الرئيسي ورأى مرة أخرى ما أصبح يعتبره الآن مُلصق دِيردريه الإعلاني، في متجر الغزل والنسيج. وليس في أي مكان آخر.

بقي مايك يقول *هما* و *تلك المرأتين*، لكنه شكَّ في ذلك حقاً.

كل الأمر يتمحور حول ماكّومب. كانت الاستفزازية في تلك الشراكة. وشَعَر أن مِيسِي دونالدسون كانت لتكون سعيدة لو أبقيتا الأمر في الخفاء. ذلك النصف من الشراكة سيجد صعوبة كبيرة في إطلاق صيحة استهجان لإوزةٍ.

لكنها أتت لرؤيتي، فكَّر في سرّه، وقالت أكثر بكثير من مجرد صيحة استهجان. ذلك تطلَّب جرأة.

نعم، وقد أعجبته لذلك.

وَضَع كتاب *التجهيزات والأثاث في نيو إنغلاند* على مقعد المنتزه، وبدأ يهرول صعوداً ونزولاً على درجات منصة الفرقة الموسيقية. لم يكن يتوق إلى القيام ببعض التمارين، بل إلى بعض الحركة فقط. لديَّ نمل في بنطلوني، فكَّر في سرّه. ناهيك عن نحل في رُكبتَيَّ. ولم يكن الأمر يبدو تسلّقاً للدرجات، بل أشبه بالقفز عليها. فعلَ ذلك حوالي ست مرات، ثم عاد إلى مقعده، متفاجئاً ليجد أن أنفاسه لم تنقطع، وأن نبضات قلبه ارتفعت قليلاً فقط.

أخرجَ هاتفه واتصل بالدكتور بوب. أول شيء سأل إليس عنه كان وزنه.

"92.5 اعتباراً من هذا الصباح"، قال سْكوت. "اسمع، هل–"

"إذاً الوضع مستمر. هل فكَّرتَ بالتعامل جدياً مع هذه الحالة والتعمّق فيها حقاً؟ لأن خسارة ثمانية عشر كيلوغراماً، تقريباً، مسألة خطيرة. لا تزال لديَّ معارف في مستشفى ماساتشوستس العام، ولا أعتقد أن اختباراً شاملاً سيكلّفك قرشاً. في الواقع، قد يدفعون لك".

"بوب، أشعر أنني بخير. وحتى أفضل من ذلك، في الواقع. سبب اتصالي كان لسؤالك إن أكلتَ في مطعم الفاصوليا الشقية سابقاً".

كان هناك صمتِ بينما هضَم إليس هذا التغيير في الموضوع. ثم

قال، "المطعم الذي تديره جارتاك المثليتان جنسياً؟ لا، ليس بعد".

عبس سْكوت. "أتعلم؟ قد يكون ما يميّزهما أكثر من مجرد ميولهما الجنسية. مجرد تعليق لا غير".

"انضج قليلاً". بدا إليس مذهولاً قليلاً. "لم أقصد مضايقتك".

"حسناً... وقع حادث أثناء الغداء. في مطعم باتسي".

"أي نوع من الحوادث؟".

"جدال صغير. حولهما. لا يهمّ. اسمعني يا بوب، ما رأيك لو دعوتُك إلى العشاء في مطعم الفاصوليا الشقية".

"متى؟".

"ما رأيك الليلة؟".

"لا أستطيع هذه الليلة، لكنني أستطيع الجمعة. ستقضي ميرا نهاية الأسبوع لدى أختها في مانشستر، وأنا طبّاخ رديء".

"اتفقنا"، قال سْكوت.

"موعد ذكوري"، علّق إليس. "أخشى أن تكون خطوتك التالية هي أن تطلب يدي للزواج".

"عندها ستصبح متزوّجاً من رجلَين"، قال سْكوت، "ولن أدفعك إلى هذا. فقط افعل لي معروفاً – احجز لنا طاولة بنفسك".

"ألا تزال في نزاع معهما"، بدا إليس مستمتعاً. "ألن يكون من الأفضل تجنّبهما؟ هناك مطعم إيطالي لطيف في بريدغتون".

"لا. أنا مصمِّم على تناول طعام مكسيكي".

تنهَّد الدكتور بوب. "أظن أنه يمكنني حجز الطاولة، رغم أنه إذا كان ما أسمعه عن ذلك المكان صحيحاً، أعتقد أننا لسنا بحاجة إلى حجز طاولة من الأصل".

* * *

أقلَّ سْكوت إليس يوم الجمعة، لأن الدكتور بوب لم يعد يرغب بالقيادة في الليل. كانت المسافة إلى المطعم قصيرة، لكن طويلة كفاية لكي يُخبر بوب سْكوت عن السبب الحقيقي لرغبته بتأجيل موعدهما الذكوري حتى يوم الجمعة: لم يرغب التشاجر مع ميرا، التي كانت عضوةً في لجنتَي دار العبادة والبلدة اللتين لا تحبّان المرأتين اللتين تديران أحدث مكان لتناول عشاء فاخر في بلدة روك.

"أنت تمزح"، قال سْكوت.

"لسوء الحظ لا. ميرا منفتحة العقل على معظم المواضيع، لكن عندما تتعلق المسألة بالسياسة الجنسية... دعنا نقول فقط إنها تربَّت بطريقة محدَّدة. وربما كنا سنتجادل، وحتى بمرارة، إن لم أكن أعتبر أن المشادات الكلامية بين الزوج والزوجة في الشيخوخة مسألة غير لائقة".

"هل ستُخبِرها أنك زرتَ وكر الآثام المكسيكية-النباتية في روك؟".

"إذا سألتني أين أَكَلتُ ليلة الجمعة، نعم. وإلا سأُبقي فمي مغلقاً. مثلما ستفعل أنت".

"مثلما سأفعل"، قال سْكوت. ركنَ في أحد فراغات المرأب. "ها قد وصلنا. شكراً لخوضك هذاه التجربة معي يا بوب. آمل أن تُصلح الأمور بينهما وبيني".

* * *

لم تُصلحها.

كانت دِيردريه في منصة المضيفة، لا ترتدي فستاناً هذه الليلة بل قميصاً أبيض وسروالاً فضفاضاً أسود مستدَق الطرف يُظهِر تلك الساقين الجديرتين بالإعجاب. دخل الدكتور بوب قبل سْكوت،

وابتسمت له – ليست الابتسامة المتشامخة قليلاً، بإطباق الشفتين ورفع حاجِيَ العينين، بل ابتسامة ترحيب محترفة. ثم رأت سْكوت، وزالت الابتسامة. أجرت له تقييماً بارداً بتلك العينين الخضراوين الرماديتين، كما لو أنه حشرة على شريحة بِجهَر، ثم أخفضتهما وتناولت قائمتَي طعام.

"دعاني أقودكما إلى طاولتكما".

بينما كانت تقودهما، راح سْكوت يتأمل الديكور. لم يكن كافياً القول إن ماكّومب ودونالدسون تكبّدتا العناء في تنفيذه؛ فقد بدا بجهوداً نابعاً عن حبّ. كانت هناك موسيقى مكسيكية – من النوع الذي يسمّى تيخانو أو رانشيرا – صادرة عن مكبّرات صوت معلّقة عالياً على الجدران. وكانت الجدران صفراء ناعمة، والجصّ خشناً لكي يشبه الطين. وهناك حاملات أضواء جدارية مصنوعة من زجاج أخضر على شكل صبّار. ولوحات جدارية كبيرة تُظهِر شمساً، قمراً، قردَين يرقصان، وضفدعاً ذا عينين ذهبيتين. كانت مساحة الغرفة ضعف مساحة مطعم پاتسي الصغير، لكنه رأى خمسة أزواج فقط وبحموعة واحدة من أربعة أشخاص.

"ها هي"، قالت دِيدريه. "آمل أن تستمتعا بطعامكما".

"أنا متأكد من ذلك"، قال سْكوت. "يسرّني أن أكون هنا. وآمل أن نتمكن من أن نبدأ من الصفر يا آنسة ماكّومب. هل تعتقدين أن هذا ممكن؟".

نظَرَت إليه بهدوء، لكن من دون دفء. "ستكون جينا معكما حالاً، وستُخبِركما عن الأطباق الخاصة".

ثم ابتعدت.

أجلَسَ الدكتور بوب نفسه ونفضَ منديله. "مناديل دافئة، تمسِّد

بها الخدَّين والحاجبَين بلطف".

"عفواً؟".

"علاج للسعة الصقيع. أظن أنك تلقّيتَ للتو لفحةً باردةً، على وجهك مباشرة".

قبل أن يتمكّن سْكوت من الرد عليه، ظهرت نادلةٌ – بدا أنها النادلة الوحيدة. كانت ترتدي بنطلوناً أسود وقميصاً أبيض، مثل دِيردريه ماكّومب. "أهلاً بكما في الفاصوليا الشقية. هل يمكنني أن أُحضِر لكما أي شيء لتشرباه يا سادة؟".

طلَب سْكوت مياهاً غازيةً. واختار إليس كوب عصير عنب من صنع المطعم، ثم وضع نظاراته ليلقي نظرة أفضل على الشابة. "أنتِ جينا راكلزهاوس، أليس كذلك؟ لا شك أنكِ هي. كانت أمك مساعدتي الشخصية عندما كانت عيادتي لا تزال في وسط المدينة، قديماً في العصر الجوراسي. أنت تشبهينها كثيراً".

ابتسمت. "أنا جينا بيكيت الآن، لكن هذا صحيح".

"تسرّني رؤيتك يا جينا. أوصِلي تحياتي إلى أمك".

"سأفعل. إنها في دارتموث-هيتشكوك الآن، على الجانب المظلم".

أي، نيو هامبشاير. "سأعود حالاً لأخبركما عن الأطباق الخاصة".

عندما عادت، أحضَرت مقبّلات مع مشروبيَهما، ووضعت الأطباق بوقار تقريباً. كانت الرائحة شهية جداً.

"ماذا لدينا هنا؟"، سأل سْكوت.

"رقائق موز أخضر مقلية حديثاً، وصلصة من الثوم والكزبرة واللايم وبعض الفلفل الأخضر الحار. مع تحيّات الطبّاخة. تقول إن هذا الطبق كوريّ أكثر منه مكسيكيّ، لكن تأمل ألا يمنعكما هذا من الاستمتاع به".

عندما ابتعدت جينا، مال الدكتور بوب إلى الأمام مبتسماً. "يبدو أنك حقَّقتَ بعض النجاح مع التي في المطبخ، على الأقل".

"ربما أنت الشخص المفضَّل هنا. الأرجح أن جينا همَست في أذن مِيسِي أن أمها كانت تعمل في مصنعك الطبي المستغلّ للعمّال". رغم أن سْكوت كان يعرف أفضل من ذلك... أو ظنَّ أنه يعرف.

هزَّ الدكتور بوب حاجبَي عينيه البيضاوين الشعثَين. "قلتَ مِيسِي؟ تتكلَّم عنها مستخدماً إسمها الصغير فقط، أليس كذلك؟".

"بالله عليك يا دَك [اختصار دكتور]، أقلِع عن هذا".

"سأفعل، إن وعدتني ألا تناديني دَك. أكره هذا. يذكّرني بالممثل ملبورن ستون".

"مَن هذا؟".

"ابحث عنه في غُوغل عندما تصل إلى المنزل يا بُنيّ".

أكَلا، وأكَلا جيداً. كان الطعام خالياً من اللحم لكن رائعاً: أنشيلادا مع الفاصوليا وأرغفة تورتيلا من الواضح أنها لم تأتِ من حزمة من السوبرماركت. بينما كانا يأكلان، أخبَر سْكوت إليس عن شجاره الصغير في مطعم باتسي، وعن المُلصقات الإعلانية التي تُظهِر صورة دِيدريه ماكّومب، والتي ستُستبدَل قريباً بمُلصقات أقل إثارة للجدل بطولة سرب كرتوني من الديوك الرومية. سأله إن كانت ميرا عضوة في تلك اللجنة.

"لا، فاتتها تلك اللجنة... لكنني متأكد أنها كانت لتقبل التغيير".

عندها أعاد الحديث إلى خسارة سْكوت الغامضة للوزن، وإلى الحقيقة الغامضة أكثر بأنه يبدو أنه لم يتغيَّر جسدياً أبداً. وبالطبع، إلى أكثر حقيقة غامضة بينها كلها: مهما يرتدي أو يحمل ويُفترَض به أن يزيد وزنه... لم يكن ذلك يحصل.

دخَل بضعة أشخاص آخرين، وتوضَّح سبب ارتداء ماكومب ثياب نادلةٍ: كانت *نادلةً*، على الأقل هذه الليلة. وربما كل ليلة. حقيقة أنها تؤدّي وظيفةً مزدوجةً في المطعم جعلَ الوضع الاقتصادي للمطعم حتى أوضح. لقد بدأ التقشّف.

سألتهما جينا إن كانا يريدان حلوى. فرفضا. "لا يمكنني تناول لقمة أخرى، لكن رجاءً أخبري الآنسة دونالدسون أن الطعام لذيذ جداً"، قال سْكوت.

رفعَ الدكتور بوب إبهامَين في الهواء.

"سيسرّها سماع هذا"، قالت جينا. "سأحضر لكما الفاتورة".

كان المطعم يفرَغ بسرعة، ولم يبقَ سوى بضعة أزواج فقط، يرشفون شراب ما بعد العشاء. وكانت دِيردريه تسأل المغادِرين كيف وجدوا طعامهم، وتشكرهم على زيارتهم. ابتسامات كبيرة. لكن لا ابتسامات للرجلَين على الطاولة الموجودة تحت جدارية الضفدع؛ ولا حتى نظرة واحدة في اتجاههما.

كما لو أننا الطاعون، فكَّر سْكوت في سرّه.

"وأنتَ متأكد أنك تشعر بخير؟"، سأل الدكتور بوب، ربما للمرة العاشرة. "هل هناك عدم انتظام في نبضات القلب؟ هل هناك أي دُوار؟ عطش مُفرط؟".

"لا شيء من هذا. بل العكس تماماً. هل تريد سماع شيء مثير للاهتمام؟".

أخبَر إليس عن هرولته صعوداً ونزولاً على درجات منصة الفرقة الموسيقية – وكاد يَقفز عليها صعوداً ونزولاً – وكيف قاس نبضات قلبه بعد ذلك. "لم تكن نبضات وقت الراحة، بل منخفضة جداً. ما دون الثمانين. كما أنني لستُ طبياً، لكنني أعرف كيف يبدو جسمي، ولم

تحصل أي خسارة في العضلات".

"ليس بعد، على أي حال"، قال إليس.

"لا أعتقد أنه ستحصل أي خسارة. أعتقد أن الكتلة تبقى كما هي، رغم أن الوزن الذي يجب أن يرافقها يختفي بطريقة أو بأخرى".

"الفكرة مجنونة يا سْكوت".

"لا يمكنني الموافقة معك أكثر، لكن ها أنا أمامك. قوة الجاذبية عليَّ ضعفت بالتأكيد. ومَن لا يسعه أن يبتهِج من ذلك؟".

قبل أن يتمكن الدكتور بوب من الرد عليه، عادت جينا حاملةً القسيمة لكي يوقِّعها سْكوت. فعل ذلك، مُضيفاً بقشيشاً كريماً، وأخبَرها مرة أخرى كم أن كل شيء كان جيداً.

"هذا رائع. تعاليا مرة أخرى. وأخبِرا أصدقاءكما". انحنت إلى الأمام وأخفَضت صوتها. "نحتاج إلى المطعم حقاً".

* * *

لم تكن دِيردريه ماكّومب على منصة المضيفة عندما خرَجا؛ كانت تقف على الرصيف عند أسفل الدرجات تحدِّق بإشارة المرور على جسر القصدير. استدارت إلى إليس وابتسمت له. "أتساءل إن كان يمكنني التحدّث على انفراد مع السيد كاري؟ لن يأخذ الأمر دقيقةً".

"بالطبع. سْكوت، سأذهب إلى الجانب المقابل للشارع لأتفحّص محتويات نافذة المكتبة. فقط أطلِق لي بوق السيارة عندما تصبح جاهزاً للذهاب".

اجتاز الدكتور بوب الشارع الرئيسي (المهجور كالعادة عند الساعة الثامنة؛ فالبلدة تنام باكراً) واستدار سْكوت إلى دِيردريه. كانت ابتسامتها قد زالت، ورأى كم هي غاضبة. لقد أمَل أن يجعل الأمور

أفضل عبر تناوله الطعام في مطعم الفاصوليا الشقية، لكن يبدو أنه جَعَلها أسوأ. لم يعرف لماذا حصل ذلك، لكنه كان واضحاً جداً.

"ما الذي يُشغل بالك آنسة ماكّومب؟ إذا كان الكلبان لا يزالان–"

"كيف يُعقَّل ذلك عندما ندعهما يركضان الآن في المنتزه؟ أو يحاولان، على الأقل. ورَسَناهما يتشابكان ببعضهما دائماً".

"يمكنك تركيضهما على طريق فيو"، قال. "لقد أخبَرتُك ذلك. كل ما في الأمر أن ترفعي–"

"لا تَهتمّ بالكلبين". كانت تلك العينان الخضراوان الرماديتان تقدحان شراً. "لقد انتهى هذا الموضوع. ما يجب إنهاؤه هو سلوكك. لا نحتاج منك أن تدعمنا في حفرة الشحوم المحلية، ومعاودة إثارة الكثير من الكلام الذي بدأ يخبو للتو".

إذا كنتِ مقتنعة أنه يخبو، فأنتِ لم تري كم هو قليل عدد نوافذ المتاجر التي تعلّق صورتك، فكّر سْكوت في سرّه. وما قاله كان، "مطعم پاتسي هو أبعد شيء في العالم عن أن يكون حفرة شحوم. ربما لا يقدِّم نوعية طعامك، لكنه نظيف".

"نظيف أو قذر، ليس هذا المهم. إذا كان علينا النهوض، *فأنا* سأفعل ذلك. ولستُ – لسنا – بحاجة إلى أن تلعب دور السير غالاهاد. بادئ ذي بدء، سنّك كبير قليلاً لهذا الدور". وركّزت عيناها على قميصه. "كما أنك بدين جداً".

بناءً على الوضع الحالي لسْكوت، أخطأت هذه اللكمة هدفها كلياً، لكنه شَعَر ببعض اللهو الفظ في استخدامها لها؛ كانت لتحنق كثيراً لو سمعت رجلاً يقول عن امرأةٍ ما إنها كبيرة في السنّ قليلاً وبدينة جداً لتلعب دور غوينيفير.

"أسمعك"، قال. "وفهمتُ وجهة نظرك".

بدت مرتبكة للحظة من لين ردّه – كما لو أنها لوّحت قبضتها على هدف سهل وأخطأته كلياً بطريقة أو بأخرى.

"هل انتهينا يا آنسة ماكّومب؟".

"شيء آخر. أريدك أن تبقى بعيداً عن زوجتي".

إذاً فقد عرَفت أنه تكلّم مع دونالدسون، والآن جاء دور سْكوت لكي يترذّد. هل مِيسِي أخبرَت ماكّومب أنها ذهبت إلى سْكوت، أو ربما أخبرتَها، بقصد المحافظة على السلام بينهما، أن سْكوت جاء إليها؟ إذا سأل، قد يوقعها في ورطة، ولم يرغب أن يفعل ذلك. لم يكن خبير زواج – فزواجه حالة دقيقة في هذا المجال – لكنه اعتقَد أن مشاكل المطعم تضع العلاقة بين الزوجين تحت ضغط كبير مسبقاً.

"حسناً"، قال. "هل انتهينا الآن؟".

"نعم". ومثلما فعلت في نهاية لقائهما الأول قبل إغلاق الباب في وجهه: "حديث جيد".

راقَب صعودها الدرجات، نحيلة وسريعة في بنطلوها الأسود وقميصها الأبيض. يمكنه رؤيتها تركض صعوداً ونزولاً على درجات منصة الفرقة الموسيقية، أسرع بكثير مما يمكنه أن يفعل حتى بعد انخفاض وزنه ثمانية عشر كيلوغراماً، وقدماها خفيفتان مثل راقصة باليه. ماذا قال مايك بادالامنتي؟ لا يسعني الانتظار لكي أركض معها، لا أقصد أنني سأركض إلى جانبها طويلاً.

لقد وهبها الله جسماً جميلاً للركض، وتمنّى سْكوت لو كانت تستمتع به أكثر. افترَضَ أنه خلف تلك الابتسامة المتشامخة، لم تكن دِيردريه ماكّومب تستمتع كثيراً هذه الأيام.

"آنسة ماكّومب؟".

استدارت. انتظَرت.

"كان الطعام لذيذاً حقاً".

لا ابتسامة لهذا، متشامخةً كانت أم لا. "جيد. أفترض أنك نقلتَ ذلك إلى مِيسِي عبر جينا من قبل، لكنني سعيدة لأنقله لها مرة أخرى. الآن وبعد أن جئت إلى هنا، وأظهرتَ لنفسك أنك على الجهة الصحيحة سياسياً، لماذا لا تلتزم بمطعم پاتسي؟ أعتقد أنكم ستكونون كلكم مرتاحين أكثر بهذه الطريقة".

دخلت. وَقَف سْكوت على الرصيف للحظة، يشعر... بماذا؟ كان خليطاً غريباً من الأحاسيس لدرجة أنه افترضَ أنه لا توجد كلمة واحدة له. مُعاقَب، نعم. مستمتع قليلاً، أجل. غاضب قليلاً. لكن الأهم من ذلك كله، حزين. ها هي امرأةٌ لم ترغب بغصن زيتون، وافترضَ – بسذاجة ربما – أن الجميع أرادوا أحد تلك الأغصان. الدكتور بوب محقّ على الأرجح ولا أزال ولداً، فكَّر في سرّه. تباً، أنا حتى لا أعرف مَن كان ملبورن ستون.

كان الشارع هادئاً جداً لكي يشعر أنه بخير حتى من بوق سيارة قصير، لذا ذهَب إلى الجانب المقابل للشارع ووَقَف بجانب إليس أمام نافذة "خلوة الكتاب".

"هل سوَّيتَ الأمور؟"، سأل الدكتور بوب.

"ليس تماماً. قالت لي أن أترك زوجتها وشأنها".

استدار الدكتور بوب إليه. "إذاً أقترح عليك أن تفعل ذلك".

أوصَلَ إليس إلى منزله، وحمَدَ الله أن الدكتور بوب لم يقضِ مدة الرحلة يُلحّ عليه أن يُجري فحوصاً في مستشفى ماساتشوستس العام، أو عيادة مايو، أو عيادة كليفلاند، أو الناسا. بل شَكَر سْكوت على الأمسية المثيرة للاهتمام أثناء نزوله من السيارة وأخبَره أن يبقى على

اتصال به.

"بالطبع سأبقى على اتصال"، قال سْكوت. "كلانا متورّط في هذه المسألة نوعاً ما".

"في هذه الحالة، أتساءل إن كنتَ تقبل زيارتي، ربما الأحد. لن تكون ميرا قد عادت ويمكننا مشاهدة مباراة كرة القدم في الطابق العلوي وليس في عريني السيئ. كما أنني أرغب بأخذ بعض القياسات. لكي أبدأ تدوين سجل تاريخي. هل تسمح لي بهذا القدر؟".

"نعم لمباراة كرة القدم، لا للقياسات"، قال سْكوت. "على الأقل ليس في الوقت الحاضر. اتفقنا؟".

"أقبل قرارك"، قال الدكتور بوب. "كان الطعام لذيذاً حقاً. لم أفتقد اللحم أبداً".

"أنا أيضاً"، قال سْكوت، لكن هذا لم يكن حقيقياً تماماً. فعندما وصل إلى منزله، أعدَّ لنفسه شطيرة سجق بالخردل البني. ثم خلع ملابسه وصعد على ميزان الحمّام. لقد رفَض القياسات لأنه كان أكيداً أن الدكتور بوب سيرغب أن يزين له وزنه أيضاً كلما فحَص كثافة عضلاته، وكان لديه حدسٌ - أو ربما كانت معرفةٌ عميقةٌ بجسده - برهن الآن أنه صحيح. كان وزنه أكثر من 91 بقليل ذلك الصباح. الآن، وبعد تناول عشاء كبير ثم شطيرة ثقيلة جداً، كان وزنه 90. العملية تتسارع.

الفصل 3

الرهان

كان أواخر أكتوبر رائعاً في كاسل روك، مع سماء زرقاء صافية ودرجات حرارة دافئة كل يوم. تحدّثت الأقلية التقدمية سياسياً عن الاحتباس الحراري؛ وسمّته الأكثرية المُحافِظة أكثر صيفاً هندياً ممتازاً جداً سيليه شتاء ماين النموذجي قريباً؛ استمتع به الجميع. ظهرت حبات اليقطين عند عتبات البيوت، وراحت القطط السوداء والهياكل العظمية ترقص في نوافذ المنازل، وحُذِّر الأولاد الذين يدورون على المنازل للحصول على الحلويات والسكاكر عند تجمُّعهم في المدرسة

53

الإبتدائية بضرورة البقاء على الأرصفة عندما تحلّ الليلة المنتظرة، وأن يأخذوا الحلوى المغلَّفة فقط. وجاء طلاب المدارس الثانوية متنكّرين إلى الاحتفال السنوي في النادي الرياضي، الذي أُحضرت له فرقة موسيقية محلية غيَّرت إسمها إلى "بينيوايز والمهرِّجون".

في الأسبوعين تقريباً بعد تناوله العشاء مع إليس، تابَع سْكوت يخسر وزنه بوتيرة متسارعة ببطء. انخفض وزنه إلى 82، أي ما بمجموعه سبعة وعشرون كيلوغراماً، لكنه بقي يشعر أنه معافى وسليم صحياً. بعد ظهر يوم الهالووين، قاد سيارته إلى الصيدلية في شارع المتاجر الجديد في كاسل روك، واشترى كمية من حلوى الهالووين أكثر مما قد يحتاج على الأرجح. لم يعد المقيمون في شارع فيو يتلقّون الكثير من الزوّار المتنكِّرين هذه الأيام (كانوا أكثر قبل انهيار سلالم الانتحار منذ بضع سنوات)، لكن أي شيء لا يأخذه المتسوِّلون الصغار، سيأكله بنفسه. إحدى فوائد حالته الغريبة، علاوة على كل الطاقة الزائدة، هي قدرته على تناول قدر ما يشاء من طعام من دون أن يصبح بديناً. افترَض أن كل الدهون تُحدث كوارث في مستوى الكوليسترول في دمه، لكنه شَعَر خلاف ذلك. فقد كان في أفضل لياقة بدنية في حياته كلها، رغم اللقّة المُخادِعة المعلَّقة فوق حزامه، وحالته الذهنية أفضل مما كانت عليه منذ أيام عندما كانت مغازلته لنورا كينير في أوجّها.

بالإضافة إلى كل ذلك، كان عملاء مركز تسوّقه مبتهجين من عمله، مُقتنِعين (بشكل خادعٍ، هذا ما كان سْكوت يخشاه) أن مواقع الويب العديدة التي ابتكرها ستقلب تجارتهم رأساً على عقب. تلقّى مؤخراً شيكاً بقيمة 582,674.50$. صوَّره قبل أن يصرفه. كان يجلس هنا في بلدة ماين الصغيرة، يعمل من مكتبه المنزلي، وعلى وشك أن يصبح غنياً.

رأى دِيردريه ومِيسِي مرتين فقط، ومن بعيد. وكان دي ودام يركضان في المنتزه برَسَنين طويلين ولا يبدوان سعيدين بذلك.

عندما عاد سْكوت من مأموريته في الصيدلية، بدأ نزهته، ثم استدار إلى شجرة الدردار في فنائه الأمامي. تغيَّرت الأوراق، لكن بفضل دفء فصل الخريف تلك السنة، بقي معظمها على الشجرة، تُصدر حفيفاً لطيفاً. كان أدنى غصن يعلو رأسه بمئة وثمانين سنتيمتراً، وبدا مغرياً. أفلَت كيس الحلوى، ورفع ذراعيه، وثنى رُكبتَيه، وقفز. أمسك الغصن بسهولة، وهو شيء لم يكن يحلم أن يفعله منذ سنة. لا ضعف في عضلاته؛ فلا تزال تظن أنها تدعم رجلاً يزن 110. ذكَّره هذا بالوثائقي القديم على التلفزيون الذي يُظهِر روّاد الفضاء الذين حطُّوا على سطح القمر يقفزون قفزات عملاقة.

جلس على المَرجة، ورفع الكيس، وذهَب إلى درجات الشرفة. بدلاً من صعودها، ثنى رُكبتَيه مرة أخرى وقفز إلى أعلى السلالم.

كان سهلاً.

وَضَع الحلوى في وعاء قرب باب المنزل، ودخَل مكتبه. شغَّل كمبيوتره، لكنه لم يفتح أياً من ملفات العمل المبعثرة على سطح المكتب. بل فتَح تطبيق التقويم، وانتقل إلى السنة القادمة. كانت أرقام التواريخ معروضة بالأسود، ما عدا الأعياد والمواعيد. كانت بالأحمر. رأى سْكوت أنه علَّم موعداً واحداً فقط في السنة القادمة: الثالث من مايو. تألَّف التدوين، المعروض بالأحمر أيضاً، من كلمة واحدة: صفر. عندما حذَفها، أصبح الثالث من مايو أسودَ مرة أخرى. اختار 31 مارس، وكتب صفر في المربع. بدا له ذلك اليوم الآن أنه اليوم الذي سينفد فيه وزنه، إلا إذا بقيت وتيرة الخسارة تتسارع. والذي قد يحصل. لكنه ينوي أن يتمتّع بالحياة في هذه الأثناء. شَعَر سْكوت أنه يَدين

بهذا لنفسه. ففي النهاية، كم عدد الأشخاص الذين يعانون من حالة نهائية يستطيعون القول إنهم يشعرون بصحة جيدة كلياً خلالها؟ كان يتذكَّر أحياناً قولاً أحضَرته نورا معها إلى المنزل من اجتماعاتها في منظمة مدمني الشراب المجهولين: الماضي مضى، والمستقبل سر.

بدا له أنه يلائم حالته الحالية جيداً.

* * *

زاره أول زائر متنكِّر حوالي الساعة الرابعة، وآخر زوّار متنكِّرين بُعيدَ الغروب. جاءه أشباح وعفاريت، أبطال خارقون، وأفراد من قوات الانقضاض. حتى إن ولداً ابتكر زيّاً مذهلاً حيث ارتدى صندوق بريد أزرق وأبيض تظهر عيناه عبر فتحته. أعطى سْكوت معظم الأولاد قطعتين من قِطع الحلوى ذات الحجم الصغير، لكن صندوق البريد حصل على ثلاث قِطع، لأنه الأفضل. جاء الأولاد الصغار في السنّ برفقة آبائهم. أما المتأخِّرون، وكانوا أكبر سنّاً قليلاً، فجاءوا بمفردهم في الأغلب.

جاء آخر زائرَين، وكانا فتى وفتاة يُفترَض أنهما – على الأرجح – هانسل وغريتل، بعد السادسة والنصف بقليل. أعطى سْكوت كل واحد منهما قطعتَي حلوى لكي لا ينقّذان مَقلباً عليه (سنّهما حوالي التاسعة أو العاشرة، ولم يبدووا بارعَين جداً في تنفيذ المقالب)، وسألهما إن رأيا أي أولاد آخرين في الحي.

"لا"، قال الفتى، "أعتقد أننا الأخيرون". دفع الفتاة بمرفقه وقال، "بقيت تريد إصلاح شعرها".

"على ماذا حصلتما من أول الشارع؟"، سأل سْكوت وهو يشير إلى منزل ماكّومب ودونالدسون. "شيء لطيف؟". فقد خطر على باله

56

للتو أن مِيسِي رِبِما صنعت بعض الحلوى الخاصة بالهالووين، قِطع جزر مغمَّسة بالشوكولا، أو شيء من هذا القبيل.

اتّسعت عينا الفتاة الصغيرة. "أخبَرتنا أمنا ألا نذهب إلى هناك، لأنهما ليستا سيدتين لطيفتين".

"إنهما مثلَّثتان"، أسهَبَ الفتى. "هكذا قال بابا".

"آه"، قال سْكوت. "مثلّثتان. فهمتُ. هيا عودا إلى منزلكما بأمان الآن. ابقيا على الأرصفة".

ذهَبا في طريقهما، يحملان أكياس هداياهما السكَّرية. أغلَق سْكوت بابه ونظر إلى وعاء الحلوى. كان لا يزال نصف ممتلئ. احتسب أنه تلقَّى ستة عشر أو ربما ثمانية عشر زائراً. تساءل عن عدد زوّار ماگّومب ودونالدسون. وتساءل إن تلقَّيا أي زائر من الأصل.

دخَل غرفة الجلوس، وشغَّل التلفزيون لمشاهدة نشرة الأخبار، ورأى فيديو لأولاد يجولون بين البيوت في بورتلاند، ثم أطفأه مرة أخرى.

سيدتان غير لطيفتين، فكَّر في سرّه. مثلّثتان. هكذا قال بابا.

جاءته فكرة عندها، مثلما تفعل أجمل أفكاره أحياناً: متشكِّلة بالكامل تقريباً، ولا تحتاج سوى إلى بضعة تحسينات وبعض الصقل. لم تكن الأفكار الجميلة أفكاراً جيدةً بالضرورة، بالطبع، لكنه قرَّر السير بهذه الفكرة ليعرف نتيجتها.

"متِّع نفسك"، قال وضحِك. "متِّع نفسك قبل أن تَحفّ وتَختفي. لمَ لا؟ تبّاً، لمَ لا؟".

* * *

دخل سْكوت مركز ترفيه كاسل روك في التاسعة من صباح اليوم التالي حاملاً ورقة خمسة دولارات في يده. جالساً إلى طاولة الاشتراك

في سباق الديوك الرومية 12 كيلومتراً كان مايك بادالامنتي وروني بريغز، شاب الأشغال العامة الذي رآه سْكوت لآخر مرة في مطعم باتسي. وخلفهما، في النادي الرياضي، كان فريق صباحي يلعب مباراة مرتجَلة في كرة السلة، قمصان ضد بشرات.

"مرحباً يا سْكوتي!"، قال روني. "كيف حالك يا رجل؟".

"بخير"، قال سْكوت. "وأنت؟".

"مُفعَم بالحيوية والنشاط!"، صاح روني. "أكثر من أي وقت مضى، رغم أنهم خفّضوا ساعات عملي. لم أعد أراك مؤخراً في جولات لعب الورق ليالي الخميس".

"كنتُ أعمل بجهد كبير يا روني. مشروع ضخم".

"حسناً، بشأن تلك الحادثة في مطعم باتسي...". بدا روني مُحرَجاً. "آسف يا رجل بشأنها. تريفور ياونت ثرثار كبير، ولا أحد يحبّ أن يُسكته عندما يبدأ بالتبجّح. قد يتلقّى المرء لكمة على أنفه إذا حاول ذلك".

"لا بأس، مضى وقت طويل على ذلك. مايك، هل يمكنني أن أشترك في السباق؟".

"بالتأكيد"، قال مايك. "الكثرة تجلب المسرّة. يمكنك مرافقتي في مؤخرة المجموعة، إلى جانب الأولاد والعجائز وفاقدي اللياقة. حتى إن لدينا شاباً أعمى هذه السنة. يقول إنه سيركض مع كلب خدمته".

مالَ روني فوق الطاولة وربّت على بطن سْكوت. "ولا تقلق بشأن هذا يا عزيزي سْكوتي، لديهم ممرض لحالات الطوارئ كل ثلاثة كيلومترات، وممرضَين عند خط النهاية. إذا نفد بخارك، سيعيدون تشغيلك".

"تسرّني معرفة هذا".

دفع سْكوت دولاراته الخمسة ووقَّع تنازلاً يقول إن بلدة كاسِل روك لن تُحمَّل مسؤولية أي حادث قد يتعرَّض له أو أي مشكلة طبية قد يعاني منها خلال سباق الاثني عشر كيلومتراً. خربَش روني إيصالاً؛ وأعطاه مايك خريطة مضمار السباق وبطاقة رقم. "فقط انزع جهتها الخلفية وألصقها على قميصك قبل السباق. واعط إسمك لأحد مُطلقي إشارة بدء السباق لكي يدوّنوا حضورك وستتمكن من المشاركة".

رأى سْكوت أنه حصل على الرقم 371، ولا يزال هناك أكثر من ثلاثة أسابيع على موعد السباق الكبير. صفَّر. "بدايتكم جيدة، خاصة إذا كانت كل هذه هي رسوم اشتراك راشدين".

"ليست"، قال مايك، "بل معظمها، وإذا كان هذا العام مثل العام الماضي، سينتهي بنا المطاف بمشاركة ثمانمئة أو تسعمئة عدّاء. سيأتون من كل أنحاء نيو إنغلاند. لا أدري لماذا، لكن سباق ديوكنا الرومية الصغير أصبح حدثاً مهماً جداً بطريقة أو بأخرى. يقول أولادي إنه انتشر انتشاراً فيروسياً".

"للمناظر الطبيعية"، قال روني. "هذا ما يُحضِرهم. زائد التلال، خاصة تلة الصيّاد. ولا تنسَيا أن الفائز يحصل على فرصة إضاءة شجرة احتفال الشتاء في ساحة البلدة".

"يحصل مركز الترفيه على كل الامتيازات على طول المسار"، قال مايك. "بالنسبة لي، هذا هو الجميل في الموضوع. إننا نتكلَّم عن الكثير من النقانق والفشار والمياه الغازية والشوكولا الساخنة".

"لكن لا شراب شعير"، قال روني متأسفاً. "لقد صوَّتوا ضده مرة أخرى هذه السنة. تماماً مثلما صوَّتوا ضد صالة ألعاب الحظ".

والمثلّثتان، فكَّر سْكوت في سرّه. صوَّتت البلدة ضد المثلَّثَين أيضاً. لكن فقط ليس في صندوق الاقتراع. يبدو أن شعار البلدة هو

أنك إذا لم تكن تستطيع إبقاء الأمر سرياً، عليك أن تغادر.

"هل دِيدريه ماكّومب لا تزال تنوي الركض؟"، سأل سْكوت.

"آه، بالتأكيد"، قال مايك. "وحصلت على رقمها القديم. 19. لقد حفَظناه لها خصيصاً".

* * *

تناول سْكوت عشاء احتفال الشُكر مع بوب وميرا إليس، زائد اثنين من أولادهما الناضجين الخمسة – اللذين يعيشان ضمن مسافة قريبة. تناول سْكوت حصتين من كل شيء، ثم شارك الولدين في مباراة مطاردة مُفعَمة بالحيوية في الفناء الخارجي الكبير.

"سيُصاب بنوبة قلبية من الركض بعد كل ذلك الطعام"، قالت ميرا.

"لا أعتقد"، قال الدكتور بوب. "إنه يستعد للسباق الكبير غداً".

"إذا حاول القيام بأي شيء أكثر من مجرد الهرولة في تلك الكيلومترات الاثنتي عشرة، سيُصاب بنوبة قلبية"، قالت ميرا وهي تراقب سْكوت يطارد أحد أحفادها الضاحكين. "أعتقد أن الرجال في منتصف أعمارهم يفقدون كل عقولهم".

عاد سْكوت إلى منزله مُتعَباً وسعيداً ويتطلّع إلى سباق الديوك الرومية في اليوم التالي. صعد على الميزان قبل أن ينام، وراقَب من دون مفاجأة كبيرة أن وزنه انخفض إلى 64. لم يكن يخسر كيلوغراماً في اليوم بعد، ليس تماماً، لكن هذا سيحصل قريباً. شغَّل كمبيوتره وأعاد نقل يوم الصفر إلى 15 مارس. كان خائفاً – من الحماقة ألا يخاف – لكنه كان فضولياً أيضاً. وشيء آخر. سعيداً؟ هل كان سعيداً؟ نعم. بجنون على الأرجح، لكنه سعيد بالتأكيد. بالطبع شَعَر أنه فريد من نوعه

60

بطريقة أو بأخرى. قد يعتبر الدكتور بوب *هذا* جنوناً، لكن سْكوت شَعَر أنه أمر عاقل. لماذا الشعور بالسوء عن شيء لا يمكنك تغييره؟ لماذا لا تتقبّله برحابة صدر؟

* * *

جاءت موجة برد في منتصف نوفمبر، موجة قاسية كفاية لتتجلَّد الحقول والمروج، لكن الجمعة بعد يوم الشُكر بدأ مظلماً ودافئاً لفصل السنة. كان تشارلي لوبرستي على القناة 13 يتوقّع مطراً لاحقاً، وربما غزيراً، لكنه لم يؤثر بشيء على يوم كاسل روك الكبير، سواء بين المتفرِّجين أو بين المتسابِقين.

ارتدى سْكوت شورت ركضه القديم وسار إلى مبنى مركز الترفيه عند الثامنة والربع، قبل ساعة من موعد بدء السباق، ووجد هناك حَشداً ضخماً من قبل، معظمهم يرتدون أردية ذات قلنسوات (ستُرمى في نقاط مختلفة على طول المسار عندما تحمى الأجسام). كانت الأكثرية تنتظر تسجيل حضورها على اليسار، حيث تقول اللافتات "العدّائون من خارج البلدة". أما على اليمين، حيث تقول اللافتة "المقيمون في كاسل روك"، فكان الصف قصيراً. نزعَ سْكوت الجهة الخلفية لبطاقة رقمه وألصقها على قميصه التائي، فوق انتفاخ بطنه الزائف. على مسافة قريبة، كانت الفرقة الموسيقية للمدرسة الثانوية تضبط آلاتها.

سجَّلت باتسي دنتون، صاحبة مطعم باتسي الصغير، حضوره ووجَّهته إلى الجهة البعيدة للمبنى، حيث يبدأ شارع فيو درايف وحيث سيبدأ السباق.

"بما أنك محلي، يمكنك أن تغشّ وتقف في المقدمة"، قالت

باتسي، "لكن هذا يُعتبر عادة تصرّفاً سيئاً. يجب أن تجد الآخرين الذين يحملون أرقاماً في نطاق الـ 300 وتقف معهم". ثم حدَّقت في قسمه الوسطي. "كما أنك ستركض قريباً مع الأطفال الصغار في المؤخرة".

"آخ"، قال سْكوت.

ابتسمت. "الحقيقة تؤلم، أليس كذلك؟ كل شطائر الهمبرغر وعجّة البيض بالجبن تلك لها طريقة في الانتقام من المرء. تذكَّر هذا إذا بدأتَ تشعر بضيق في صدرك".

بينما سار سْكوت لينضمّ إلى الحَشد المتزايد من السكان المحليين الذي سجَّلوا حضورهم باكراً، راح يدرس الخريطة الصغيرة. كان المسار حلقةً صعبةً. نزولاً على فيو درايف نحو الطريق 117 هو أول ثلاثة كيلومترات. والجسر فوق نهر بُووي هو منتصف المسافة. ثم عند الطريق 119، والذي يصبح طريق بانرمان بعدما يجتاز خط البلدية. الكيلومتر العاشر يتضمن تلة الصيّاد، المسمّاة أحياناً حسرة العدّائين. كانت شديدة الانحدار لدرجة أن الأولاد يتزحلقون عليها في أغلب الأحيان عندما تثلج، فتزداد سرعتهم بشكل مخيف لكنهم يبقون آمنين بفضل الضفاف المحروثة. ويمتدّ آخر كيلومترَين على طول شارع كاسل روك الرئيسي، الذي سيكون مزدحماً بالمتفرّجين المبتهِجين، ناهيك عن طواقم التصوير من محطات تلفزيون بورتلاند الثلاثة.

كان الجميع يتجمهرون في مجموعات، يتكلمون ويضحكون، ويشربون القهوة أو الكاكاو الساخنة. الجميع ما عدا دِيدريه ماكّومب، التي بدت طويلة إلى حد لا يُصدَّق وجميلة في شورتها الأزرق وحذائها أديداس الأبيض. ألصقت رقمها 19 بعيداً عن الوسط، وعالياً على الجهة اليسرى لقميصها التائي الأحمر الساطع، لكي تترك القسم الأكبر من الجهة الأمامية لقميصها مرئياً، الذي كان يُظهِر صورة حبة إمبانادا

(سمبوسك) والنص "الفاصوليا الشقية 142 الشارع الرئيسي".

الإعلان عن المطعم أمر منطقي... لكن فقط إذا اعتقَدت أن هذا سينفع. شَعَر سْكوت أنها ربما تخطّت هذا الأمل الآن. فهي عرَفت بالتأكيد أن "مُلصقاتها الإعلانية" استُبدلت بمُلصقات إعلانية أقل إثارة للجدل؛ فخلافاً للشاب الذي سيركض مع كلبه المرشد (رآه سْكوت يُجري مقابلة تلفزيونية بالقرب من خط الانطلاق)، لم تكن عمياء. ولم يتفاجأ من قولها اللعنة على هذا السباق وانسحابها منه؛ كانت لديه فكرة جيدة عن سبب بقائها فيه. أرادت أن تنتقم منهم.

بالطبع تريد ذلك، فكّر في سرّه. تريد أن تهزمهم كلهم – الرجال، النساء، الأولاد، والرجل الأعمى مع كلبه الألماني. تريد من البلدة كلها أن ترى مثلَّثةً، ومثلَّثةً متزوجةً أيضاً، تضغط زر إضاءة شجرة احتفال شتائهم.

شَعَر أنها عرَفت أن مصيراً مشؤوماً ينتظر المطعم، وربما كانت مسرورة، ربما لا يسعها الانتظار حتى تغادر البلدة، لكن نعم، أرادت أن تنتقم منهم قبل أن ترحل مع زوجتها، وتترك لديهم هذه الذكرى. حتى إنها لن تضطر إلى إلقاء كلمة، فقط تبتسم تلك الابتسامة المتشامخة. *الابتسامة التي تقول في وجوهكم، أيها الحقيرون الإقليميون المدّعون الحق لأنفسكم. حديث جيد.*

كانت تليّن عضلاتها، فترفع أولاً رِجلاً واحدةً خلفها وتُمسكها بكاحلها، ثم تفعل الشيء نفسه مع الرِجل الأخرى. توقَّف سْكوت عند طاولة المرطّبات ("المجانية للمتسابقين، كوب واحد لكل عدّاء") وجلبَ كوبَي قهوة، حيث دفع دولاراً للكوب الزائد. ثم سار إلى دِيردريه ماكّومب. كان لا يُضمِر نيّات سيئة ضدها، كما لا يشعر بانجذاب عاطفي من أي نوع تجاهها، لكنه رجل، ولا يستطيع منع نفسه من

الإعجاب بشكلها بينما تمطّط جسمها وهي تنظر طوال الوقت إلى السماء، حيث لا يوجد شيء لرؤيته سوى سُحُب رمادية.

تصفّي ذهنها، فكّر في سرّه. تستعد. ربما ليس لسباقها الأخير، لكن ربما لآخر سباق سيعني لها شيئاً حقاً.

"مرحباً"، قال. "هذا أنا مرة أخرى. الحشرة المؤذية".

أفلَتت رِجلها ونظَرَت إليه. ظهرت الابتسامة، كما هو متوقَّع مثل شروق الشمس من الشرق. كانت درعها. قد تكون هناك امرأة خلفها تتألم وغاضبة أيضاً، لكنها قرَّرت أن لا أحد في العالم سيرى ذلك. ما عدا، ربما، مِيسِي. التي لم تكن مرئية هذا الصباح.

"آه، إنه السيد كاري"، قالت. "ويضع رقماً على صدره. مع بطن أيضاً، وأظنّ أنه كبُر قليلاً".

"التملُّق لن ينفعك بشيء"، قال. "وربما هذه بجرد وسادة تحت القميص، شيء أرتديه لخداع الآخرين". عرض عليها أحد الكوبَين. "هل تريدين بعض القهوة؟".

"لا. تناولتُ دقيق الشوفان ونصف حبّة جريب فروت عند السادسة هذا الصباح. هذا كل ما سأتناوله حتى منتصف السباق. ثم سأتوقف عند إحدى المنصات وأستمتع بعصير العنبيّة. اعذرني الآن، أودّ إنهاء تمارين التليين والتأمُّل".

"أعطني دقيقة"، قال سْكوت. "لم آتِ إليك في الواقع لأقدّم لك القهوة، لأنني عرَفتُ أنك سترفضينها. أتيتُ لكي أتشارط معك".

كانت قد أمسكت كاحلها الأيمن بيدها اليسرى وبدأت ترفعه خلفها. لكنها أفلَتته وراحت تحدِّق فيه كما لو أن قرناً نما في وسط جبهته. "عن أي شيء لعين تتكلم؟ وكم مرة عليَّ أن أقول لك إنني أجد جهودك في... لا أعرف... التودُّد إليَّ غير مرحّب بها؟".

"هناك فرق كبير بين التودُّد وبين محاولة أن أكون ودوداً، مثلما أعتقد أنك تعرفين. أو مثلما كنتِ لتعرفين لو لم تكوني في هكذا وضع دفاعي دائماً".

"أنا لستُ–"

"لكنني متأكد أن لديك أسبابك لاعتماد وضع دفاعي، ودعينا لا نتجادل عن علم المعاني. الشرط الذي أعرضه عليك بسيط. إذا فزتِ اليوم، لن أزعجك مرة أخرى أبداً، وهذا يتضمن الاشتكاء من كلبيك. دعيهما يركضان في شارع فيو درايف كيفما تشائين، وإذا تبرَّزا على مَرجتي، سأرفع المخلَّفات بنفسي، دون أي كلمة احتجاج".

بدت مرتابةً. "*إذا فزتُ؟ إذا!*".

تجاهَل هذا. "من جهة أخرى، إذا فزتُ أنا اليوم، ستأتين وميسِي إلى منزلي لتناول العشاء. عشاء نباتي. لستُ طبّاخاً سيئاً عندما أعقد العزم على الطبخ. سنجلس، ونشرب بعض عصير العنب، ونتكلَّم. لكسر الجليد، أو على الأقل لمحاولة كسره. لا داعي لأن نكون أصدقاء حميمين، لا أتوقع ذلك، من الصعب جداً تغيير عقل منغلق–"

"*عقلي ليس منغلقاً!*".

"لكن ربما يمكننا أن نكون جيراناً حقيقيين. يمكنني استعارة بعض السكر منكما، ويمكنكما استعارة بعض الزبدة مني، هذا النوع من الأشياء. وإذا لم يفُز أيٌّ منا، تكون هذه دفعةً. وتستطيع الأمور أن تسير كما في السابق".

إلى أن يُغلق مطعمكما أبوابه وترحلان عن البلدة، فكَّر في سرّه.

"دعني أتأكد أنني أسمع جيداً. أنت تشارطني أنه يمكنك أن تهزمني اليوم؟ دعني أكون صريحة معكُ يا سيد كاري. جسمك يُخبِرني أنك ذكر أميركي أبيض نموذجي مدلَّل بإفراط ومُقِلّ في التمرين. إذا ضغطت

على نفسك، ستُصاب إما بتشنّجات في الساقَين، أو التواء في الظهر، أو نوبة قلبية. لن تهزمني اليوم. *لا أحد سيهزمني اليوم*. ابتعد الآن رجاءً ودعني أُنهي استعداداتي".

"حسناً"، قال سْكوت، "فهمتُ. أنتِ خائفة من قبول الشرط. هكذا قلتُ لنفسي".

كانت ترفع رِجلها الأخرى الآن، لكنها أفلَتتها. "يا إلهي. حسناً. قبلتُ الشرط. اتركني وشأني الآن".

مدَّ سْكوت يده، مبتسماً. "علينا أن نتصافح. بهذه الطريقة، إذا تراجعتِ عن كلامك، يمكنني وصفك بإنسانة مُخلِفة بوعدها في وجهك مباشرة، ولن يكون بمقدورك إنكار ذلك".

نَخَرت، لكنها صافحت يده مصافحةً سريعةً وباردةً. وللحظة واحدة – لحظة صغيرة واحدة – رأى شبه ابتسامة حقيقية. فقط أثر ابتسامة، لكنه شَعَر أن لديها ابتسامة رائعة إن تركتها تظهر.

"عظيم"، قال، ثم أضاف، "حديث جيد". وابتعد عائداً إلى مجموعة العدّائين الذين يحملون أرقاماً في نطاق الـ 300.

"سيد كاري".

استدار.

"لماذا هذا مهم لك؟ هل لأنني – *لأننا* – تهديدٌ لذكورتك بطريقة أو بأخرى؟".

لا، لأنني سأموت السنة القادمة، فكّر في سرّه، وأودّ أن أُصلح شيئاً واحداً على الأقل قبل أن أموت. لن يكون زواجي، فهذا مدمَّر تماماً، ولن يكون مواقع ويب مركز التسوّق، لأن أولئك الشباب لا يفهمون أن متاجرهم تشبه مَصانع العربات التي تجرّها الدواب في بداية عصر السيارات.

لكنه لن يقول لها تلك الأمور. لن تفهمه. كيف يمكنها أن
تفهمه، في حين أنه هو شخصياً لا يفهم نفسه بالكامل؟
"إنه مهم فقط"، قال أخيراً.
وترَكها مع هذا.

الفصل 4

سباق الديوك الرومية

عند التاسعة وعشر دقائق، مع تأخير بسيط فقط، وقفَ العُمدة داستي كافلين أمام أكثر من ثمانمئة عدّاء يغطّون حوالي أربعمئة متر تقريباً. كان يُمسك مسدَّس إشارة الانطلاق بيد وبوقاً يعمل على طاقة البطارية باليد الأخرى. وقف أصحاب الأرقام المنخفضة، بما في ذلك دِيردريه ماكّومب، في المقدمة. وفي الخلف ضمن مجموعة عدّائي نطاق الأرقام الـ 300، كان سْكوت محاطاً برجال ونساء ينفضون أذرعهم، ويأخذون أنفاساً عميقةً، ويمضغون آخر قضمات من مأكولات الطاقة.

كان يعرف العديد منهم. المرأة على يساره، التي تعدِّل طَوق شعر أخضر، تدير متجر الأثاث المحلي.

"حظاً سعيداً يا مِيلي"، قال.

ابتسمت ورفعت له الإبهام علامة الرضى والقبول. "ولك أيضاً".

رفعَ كافلين البوق. "أهلاً بكم في سباق الديوك الرومية السنوي الخامس والأربعين! هل أنتم جاهزون؟".

صاح العدّاؤون صيحة موافقة. ونفخ أحد أعضاء الفرقة الموسيقية التابعة للمدرسة الثانوية في بوقه.

"حسناً إذاً! أماكنكم... استعداد...".

رفعَ العُمدة، وهو يبتسم ابتسامته السياسية الكبيرة، مسدَّس إشارة الانطلاق وضغطَ الزناد. بدا أن صدى الدويّ تردَّد عن السُحُب المنخفضة.

"انطلاق!".

انطلق الواقفون في المقدمة بسلاسة. وكان من السهل رؤية دِيردريه بقميصها الأحمر الساطع. لكن كان هناك ازدحام بين بقية العدّائين، ولم يكن انطلاقهم سلساً جداً. سقَط عدّاءان واحتاجا إلى مساعدة على الوقوف. ودُفعَت مِيلي جاكوبز إلى الأمام نحو شابين يرتديان شورتَين لركوب الدرّاجات وقبعتين مبرومتين إلى الخلف. أمسَك سْكوت ذراعها وساعدها على استعادة توازنها.

"شكراً"، قالت. "هذه مشاركتي الرابعة، والبداية هكذا دائماً. مشابهة لما يحصل عندما يفتحون الأبواب في حفلة موسيقية".

رأى شابا شورتيَ ركوب الدرّاجات ثغرةً، فتجاوزا مايك بادالامنتي وثلاث سيدات كن يتكلَّمن ويضحكن بينما يهرولن، واختفيا عن الأنظار، الواحد خلف الآخر.

اقترب سْكوت من مايك ولوَّح له بيده. حيّاه مايك بدوره، ثم ربَّت على الجهة اليسرى لصدره ورسم علامة تقاطع عليها.

الجميع مقتنعون أنني سأصاب بنوبة قلبية، فكَّر سْكوت في سرّه. وقد يظن المرء أن الظاهرة الغريبة التي جعلتني أخسر وزني ستصقل جسمي قليلاً على الأقل، لكن لا.

ابتسمت له مِيلي جاكوبز – التي اشترت منها نورا طقم غرفة الطعام – ابتسامة جانبية. "هذا الأمر مسلٍ في نصف الساعة الأولى تقريباً. ثم يصبح الوضع لعيناً. ثم يصبح جحيماً بعد ثمانية كيلومترات. إذا بلغتَ تلك المرحلة، ستلتقط بعض الرياح من خلفك. أحياناً".

"أحياناً؟"، قال سْكوت.

"صحيح. إنني آمل حصول ذلك هذه السنة. أودّ إنهاء السباق هذه المرة. لم أتمكن من فعل ذلك إلا مرة واحدة. سعيدة برؤيتك يا سْكوت". ثم زادت سرعة ركضها وابتعدت عنه.

حين مرَّ بجانب منزله في شارع فيو درايف، بدت المجموعة وقد تفرّقت أكثر وأصبحت لديه مساحة أكبر ليركض فيها. تحرّك بثبات وسهولة بوتيرة هرولة سريعة. عرَف أن هذا الكيلومتر الأول لم يكن اختباراً عادلاً لقوة تحمّله، لأنه كان منحدراً نزولاً، لكن مِيلي كانت محقّة حتى الآن – الأمر مسلٍ. كان يتنفس بسهولة ويشعر شعوراً جيداً. هذا كافٍ بالنسبة له في الوقت الحاضر.

تجاوز بضعة عدّائين، لكن بضعة فقط. وبتجاوزه المزيد، بعضهم يحملون أرقاماً في نطاق الـ 500، وبعضهم يحملون أرقاماً في نطاق الـ 600، وعدّاء واحد لعين يحمل الرقم 721. كان ذلك العدّاء الهزلي يضع مدوّمة على قبعته. لم يكن سْكوت مستعجلاً بشكل خاص، على الأقل ليس بعد. يمكنه رؤية دِيردريه في كل مسار مستقيم، ربما

تسبقه بأربعمئة متر تقريباً. فمن المستحيل عدم ملاحظة قميصها الأحمر وشورتها الأزرق. لم تكن تقسو على نفسها. صحيح أن عشرة عدّائين على الأقل يسبقونها، وربما حتى عشرين عدّاءً، لكن سْكوت لم يتفاجأ. فهذا لم يكن أول سباق لها، لا شك أنها خطّطت له بعناية خلافاً لمعظم الهواة. شَعَر سْكوت أنها ستسمح للآخرين بضبط وتيرة الركض حتى الكيلومتر الثامن أو التاسع، ثم تبدأ بتجاوزهم الواحد تلو الآخر ولن تتصدَّر السباق إلا بعد تلة الصيّاد. وحتى إنها قد تجعل الأمور مشوّقة أكثر بأن تنتظر حتى وسط المدينة لتستخدم آخر رشقة نشاط لديها، لكنه لم يعتقد ذلك. ستريد الفوز بمسافة كبيرة.

شَعَر بالخفّة في قدمَيه، والقوة في رجليه، وقاوَم الرغبة بأن يزيد سرعته. فقط ابق صاحبة القميص الأحمر أمام ناظرَيك، قال لنفسه. فهي تعرف ماذا تفعل، لذا دعها ترشدك.

عند تقاطع شارع فيو درايف والطريق 117، مرَّ سْكوت بجانب لافتة برتقالية صغيرة: 3 كيلومترات. وجدَ أمامه شابَي شورت ركوب الدرّاجات، كل واحد منهما يركض على جهة من جهتَي خط المركز الأصفر. تجاوزا مراهقَين، وكذلك فعلَ سْكوت. بدت لياقة المراهقَين جيدة، لكنهما كانا يتنفّسان بصعوبة. عندما تجاوزهما، سمِع أحدهما يقول لاهثاً، "هل سندع عجوزاً بديناً يتجاوزنا؟".

أسرع المراهقان خطاهما وتجاوزا سْكوت من كلا الجانبين، وراحا يتنفّسان بصعوبة أكبر من ذي قبل.

"نراك، لن نريد أن نكون مكانك!"، قال أحدهما بازدراء.

"هيا احتفلا بهذا النصر"، قال سْكوت، مبتسماً.

كان يركض بسهولة، يلتهم الطريق بخطوات طويلة. لا يزال تنفّسه جيداً، وكذلك معدل نبضات قلبه، ولِما لا؟ كان وزنه أخف بخمسين

كيلوغراماً مما يبدو، وهذا فقط نصف ما يحصل له. النصف الآخر هو أن العضلات لا تزال صلبة لرجل يحمل 110 كيلوغرامات.

تضمَّن الطريق 117 منحنى مزدوجاً، ثم مساراً مستقيماً بجانب نهر بُووي، الذي كان يثرثر ويضحك عند ضفته الصخرية الضحِلة. شَعَر سْكوت أن حاله لم يبدُ أفضل من هذا أبداً، وطعم الهواء الضبابي الذي كان يتنشّقه عميقاً إلى رئتَيه كان أفضل بكثير، وأشجار الصنوبر الكبيرة التي تظلِّل الجهة الأخرى للطريق لم تبدُ أفضل أبداً. يمكنه أن يشمّ رائحتها المميزة والساطعة والخضراء بطريقة أو بأخرى. بدا كل نَفَس أعمق من الذي سبقه، وبقي يضطر على لجم نفسه.

أنا مسرور جداً من أنني حيٌّ في هذا اليوم، فكّر في سرّه.

خارج الجسر المُغطى الذي يعبر النهر، ظهرت إحدى اللافتات البرتقالية: 6 كيلومترات. ورأى بعدها لافتة تقول "منتصف المسافة!". كانت أصوات الأقدام المدوّية داخل الجسر – بالنسبة لسْكوت، على الأقل – جميلة مثل ضربات جين كرويا المتوالية على الطبل. وفوق رؤوسهم، راحت طيور السنونو المضطربة تطير ذهاباً وإياباً تحت السقف. اصطدم أحدها بوجهه في الواقع، ورفرف بجناحيه على حاجبيه، فضحِك بصوتٍ عالٍ.

على الجانب البعيد، كان أحد شابَي شورت ركوب الدرّاجات يجلس على الدرابزين، يلهث ويدلِّك تشنّجاً في ربلته. لم يرفع نظره عند مرور سْكوت وبقية العدّائين. عند تقاطع الطريقين 117 و119، تجمَّع العدّاؤون حول طاولة المرطّبات، وراحوا يبتلعون الماء ومشروب غاتوريد وعصير العنبيّة من أكواب ورقية قبل مواصلة السباق. وكان ثمانية أو تسعة آخرون، أرهقوا أنفسهم في الكيلومترات الستة الأولى، ممدَّدين على العشب. ابتهج لرؤية تريفور ياونت – شاب الأشغال العامة

الغليظ العنق الذي تواجه معه سْكوت في مطعم پاتسي – بينهم.

تجاوز اللافتة التي تقول "الحدود البلدية لكاسل روك"، حيث يصبح الطريق 119 طريق بانرمان، تيمّناً بإسم مأمور البلدة الذي خدمَ لأطول مدة، وهو رجل منحوس انتهى نهايةً سيئةً على أحد الطرقات الخلفية للبلدة. لقد حان الوقت ليزيد الوتيرة، وعندما تجاوز سْكوت اللافتة البرتقالية 8 كيلومترات، انتقل من الترس الأول إلى الثاني. لا مشكلة. كان الهواء بارداً وشهياً على بشرته الحارة، كما لو أنه يجري فَرْكها بقطعة حرير، وأعجبه شعور قلبه – ذلك المحرِّك الصغير القوي – في صدره. كانت هناك منازل على جانبَي الطريق الآن، وأشخاص يقفون على المروج يرفعون لافتات ويلتقطون صوراً.

ها هي مِيلي جاكوبز، لا تزال تركض لكنها بدأت تُبطئ، وأصبح طَوق شعرها أخضر داكناً بفعل عرقها.

"كيف حال الرياح الخلفية يا مِيلي؟ هل وصلك أيٌّ منها؟".

استدارت لتنظر إليه، مرتابةً بصراحة. "يا إلهي، أنا لا... أصدِّق أن هذا أنت"، قالت لاهثةً. "ظننتُ أنني ترَكتُك... في غباري".

"وجَدتُ بعض الرياح الزائدة"، قال سْكوت. "لا تستسلمي الآن يا مِيلي، لقد وصلنا إلى الجزء الجيد". ثم أصبحت خلفه.

بدأ الطريق يرتفع في سلسلة تلال منخفضة لكن تصاعدية، وبدأ سْكوت يتجاوز المزيد من العدّائين – سواء الذين استسلموا أو الذين لا يزالون يكافحون. اثنان من الصنف الثاني كانا المراهقَين اللذين تجاوزاه سابقاً، بعد أن استاءا من تخلّفهما، ولو للحظات قليلة، وراء رجل بدين في منتصف عمره يرتدي حذاءً رياضياً رثاً وشورت كرة مضرب قديماً. ألقيا نظرة سريعة عليه وارتسمت تعابير دهشة على وجهيهما. فقال لهما سْكوت مبتسماً، "أراكما، لن أريد أن أكون مكانكما".

مدَّ له أحدهما إصبعه الوسطي. فأرسل له سْكوت قبلة في الهواء، ثم أظهَرَ لهما كعب حذائه الرياضي الرثّ.

* * *

مع دخول سْكوت الكيلومتر التاسع، ملأ دويّ رعدٍ طويلٍ السماء، من الغرب إلى الشرق.

هذا ليس جيداً، فكّر في سرّه. قد يكون رعد نوفمبر مقبولاً في لويزيانا، لكن ليس في ماين.

دخل منعطفاً، وراوغَ يساراً ليجد نفسه بجانب عجوز نحيل يركض ماداً قبضتيه أمامه ومُرجعاً رأسه إلى الخلف. كان قميصه الذي بلا أكمام يُظهِر ذراعين بيضاوين مزخرفين بوشوم قديمة، وقد ارتسمت ابتسامة مخبولة على وجهه. "هل سمعت ذلك الرعد؟".

"نعم!".

"ستُمطر بغزارة! يا له من يوم!".

"معك حق"، قال سْكوت ضاحكاً. "أفخر الأيام!". ثم تجاوزه، لكن ليس قبل أن يضربه العجوز النحيل ضربة عنيفة على مؤخِّرته.

استمرّ الطريق مستقيماً الآن، ولاحَظ سْكوت القميص الأحمر والشورت الأزرق في منتصف الطريق على تلة الصيّاد، الملقَّبة حسرة العدّائين. استطاع رؤية ستة عدّائين فقط أمام ماكّومب. ربما هناك عدّاءان آخران بعد قمة التلة، لكنه شكٌّ في ذلك.

حان الوقت لينتقل إلى ترس أعلى.

فعلَ ذلك، وأصبح الآن بين العدّائين الجدّيين، بين الكلاب السلوقية. لكن العديد منهم كان إما بدأ يُنهَك أو يوفِّر طاقته للمنحدر الحاد. لمحَ نظرات غير مصدِّقة من رؤيتهم رجلاً في منتصف عمره بطنه

75

الكبير بارز تحت قميصه التائي المبلَّل بالعرق وهو يشقّ طريقه بينهم، ثم يضعهم خلفه.

صعوداً على تلة الصيّاد، بدأت أنفاس سْكوت تتسارع، وبدأ طعم الهواء الذي يدخل رئتيه ويخرج منهما حاراً ونحاسياً. لم تعد قدماه خفيفتين، وكانت ربلتاه تحترقان. شَعَر بوجع خفيف على الجهة اليسرى بين منفرج ساقيه، كما لو أنه ضغط على شيء هناك. بدا النصف الثاني من التلة لا ينتهي. تذكَّر ما قالته مِيلي: متعةً في البداية، ثم لعنةً، ثم جحيماً. هل كان في اللعنة أو الجحيم الآن؟ قرَّر أنه على الحدود.

لم يفترض أبداً أنه قادر على هزيمة دِيردريه ماگّومب (رغم أنه لم يُسقِط الاحتمال من باله)، لكنه *افترَض* أنه سيُنهي السباق في مرتبة قريبة من المقدمة – أن العضلات المبنية لتحمّل وزنه السابق الأثقل ستكون كافية لإيصاله إلى خط النهاية. الآن، وأثناء تجاوزه عدّاءين استسلما، أحدهما جالسٌ مُحنياً رأسه، والآخر جالسٌ على ظهره ويلهث بقوة، بدأ يتساءل بشأن ذلك.

ربما لا يزال وزني كبيراً جداً، فكَّر في سرّه. أو ربما لا أملك ببساطة البأس الكافي لذلك.

سُمع دويّ رعد آخر.

لأن قمة تلة الصيّاد لم تبدُ أنها تقترب أبداً، أخفَض نظره إلى الطريق، وراح يراقب مجموعة الحصى التي تمرّ تحته وكأنها بجرّات تتطاير خلفه في فيلم خيال علمي. رفع نظره في الوقت المناسب ليتفادى الاصطدام بفتاة حمراء الشعر كانت تقف واضعةً كل قدم من قدميها على جانبَي الخط الأصفر، ومُسندةً نفسها على رُكبتيها، وتلهث. بالكاد استطاع سْكوت تفاديها ورأى قمة التلة على بُعد ستين متراً أمامه. إحدى تلك اللافتات البرتقالية أيضاً: 10 كيلومترات. ركَّز عينيه

عليها وركض. لم يعد يلهث الآن، بل أصبح ينتزع كل نَفَس عنوةً، وبدأ يشعر بكل سنة من سنواته الاثنتين والأربعين. بدأت ركبته اليسرى تتذمَّر وتنبض بشكل متزامن مع الألم بين منفرج ساقيه. راح عرقه يسيل على خدّيه مثل ماء ساخن.

ستنجح في هذا. ستنجح. ضع كل شيء على الخط.

ولما لا؟ إذا تبيَّن أن اليوم هو يوم الصفر وليس أحد أيام فبراير أو مارس، فليكن.

تجاوز اللافتة وبلغَ قمة التلة. كان مخزن أخشاب بوردي على اليمين، ومتجر بوردي للأجهزة على اليسار. كيلومتران فقط حتى خط النهاية. يمكنه رؤية وسط المدينة تحته، حوالي عشرين شركة على الجهتين مغطاة برايات، ودار العبادة البهيّ بكامل أضوائه، ومرأب السيارات المكتظ (لا يوجد موقف شاغر)، والأرصفة المزدحمة، وإشارتَي مرور البلدة. بعد إشارة المرور الثانية يقف جسر القصدير، الذي عُلِّق عليه الشريط الأصفر الساطع لخط النهاية المزخرف بديوك رومية. رأى سْكوت أمامه الآن ستة أو سبعة عدّائين فقط. والعدّاءة ذات القميص الأحمر في المرتبة الثانية، وتقترب من العدّاء الذي في الطليعة. لقد بدأت دِيردريه تقوم بهجومها الحاسم.

لن أتجاوزها أبداً، فكَّر سْكوت في سرّه. إنها بعيدة جداً عني. لم تقضِ عليَّ تلك التلة اللعينة، لكنها أنهكتني كثيراً.

ثم بدا أن رئتيه تفتَّحتا مرة أخرى، وكل نَفَس يأخذه يدخل عميقاً أكثر من النَفَس الذي قبله. بدا حذاؤه الرياضي (ليس أديداس ناصع البياض، بل مجرد بوما قديماً مهلهلاً) وكأنه طرح عنه طبقة الرصاص التي كان قد اكتسبها. عادت إليه خفّة جسمه السابقة وبقوة. كان ذلك ما سمّته مِيلي الرياح الخلفية، ولا شكّ أن المحترفين أمثال ماكّومب

يسمّونه نشوة العدّاء. فضّل سْكوت هذا الوصف الأخير. تذكّر ذلك اليوم في فنائه عندما ثنى رُكبتَيه ووثب والتقط غصن الشجرة. تذكّر الركض صعوداً ونزولاً على درجات منصة الفرقة الموسيقية. تذكّر الرقص على أرضية المطبخ بينما يغنّي أغنية ستيفي وندر "سوبرستيشن". هذا كان شيئاً مماثلاً. ليس رياحاً، وليس حتى نشوةً، بالتحديد، بل انعتاقاً. بمعنى أنك تتخطى حدود نفسك وتستطيع تحقيق المزيد.

نزولاً على تلة الصيّاد، ومتخطياً أوليري فورد على جهة ومتجر زوني على الجهة الأخرى، تجاوز عدّاءً، ثم عدّاءً آخر. أصبح الخامس الآن. لم يعرف أو يهتم إن حدّقا فيه مندهشين أم لا بينما تجاوزهما. كان كل تركيزه منصبّاً على القميص الأحمر والشورت الأزرق.

أصبحت دِيدريه في المقدمة. وبينما فعلت ذلك، دوّى رعد آخر فوق رؤوسهم – كما لو أنه إشارة انطلاق للمطر – وشَعَر سْكوت بأول رذاذ بارد على الجهة الخلفية لعنقه. ثم برذاذ آخر على ذراعه. أخفَض نظره ورأى المزيد من المطر يتساقط على الطريق، موقعاً إياه في ظلمة قطراته الكبيرة. كان هناك الآن متفرّجون على جانبَي الشارع الرئيسي، رغم أنهم بلا شك لا يزالون بعيدين حوالي كيلومتر ونصف عن خط النهاية وحوالي كيلومتر عن مكان بدء أرصفة وسط المدينة. رأى سْكوت مظلّات تُفتَح مثل ورود تُزهِر. كان المنظر فاتناً. كل شيء كان فاتناً – السماء المظلمة، الحصى على الطريق، اللافتة البرتقالية التي تُعلن وصولهم إلى آخر كيلومتر في سباق الديوك الرومية. العالم كله يترقّب.

أمامه، انحرف عدّاءٌ فجأة إلى خارج الطريق، وسقط على رُكبتَيه، واستلقى على ظهره، وراح ينظر إلى المطر فاتحاً فمه في قوس عذاب. فقط عدّاءان بينه وبين دِيدريه.

تجاوز سْكوت اللافتة البرتقالية الأخيرة. بمجرد كيلومتر الآن، الكيلومتر الأخير الحاسم. كان قد انتقل من الترس الأول إلى الثاني. الآن ومع بدء ظهور الأرصفة – الحشود المبتهِجة على الجانبين، والبعض يلوِّحون برايات مثلَّثة الشكل لسباق الديوك الرومية – حان الوقت ليرى إن لم يكن لديه ترسٌ ثالثٌ بل ترس مضاعفة السرعة.

تحرّك أيها السافل، فكَّر في سرِّه، وزاد وتيرته.

بدا المطر وكأنه تردَّد للحظة، وهذا وقت كافٍ ليظنّ سْكوت أنه سيتوقف عن الهطول إلى أن ينتهي السباق، ثم هطلَ بكامل قوته، دافعاً المتفرِّجين إلى الخلف تحت الظُّلاّت ونحو المداخل. ساءت الرؤية إلى عشرين بالمئة، ثم عشرة، ثم صفر تقريباً. شَعَر سْكوت أن المطر البارد أكثر من شهي؛ أقرب إلى مأدبة عامرة.

تجاوز عدّاءً، ثم آخر. هذا العدّاء الأخير هو المتصدِّر السابق، العدّاء الذي تجاوزته دِيردريه. كان قد أبطأ سرعته إلى حدود السير، وراح يخوض في الماء المتدفِّق في الشارع مُخفضاً رأسه، وواضعاً يديه على ورَكيه، وقميصه المُبتلّ للغاية ملتصقاً بجسمه.

أمامه، وعبر ستارة رمادية من المطر، رأى سْكوت القميص الأحمر. شَعَر أن لديه ما يكفي فقط ليتجاوزها، لكن السباق قد ينتهي قبل أن يتمكَّن من فعل ذلك. لقد اختفت إشارة المرور الموجودة في نهاية الشارع الرئيسي. وكذلك جسر القصدير، والشريط الأصفر القريب من نهايته. لم يعد هناك سواه وماكّومب الآن، وكلاهما يركضان كأعميين في الطوفان، ولم يشعر سْكوت بسعادة أكبر من هذا في حياته كلها. ما عدا أن السعادة ملطَّفة جداً. هنا، وبينما يستكشف أبعد حدود لقوة التحمّل التي لديه، ينتظره عالمٌ جديدٌ.

كل شيء يؤدي إلى هذا، فكَّر في سرّه. إلى هذا الانعتاق. إذا

كان هذا هو شعور كل شخص يُحتضَر، فيجب أن يكون الجميع مسرورين بالرحيل.

كان قريباً بما فيه الكفاية ليرى دِيردريه ماگومب تلتفت إلى الوراء، ليرى شعرها المربوط على شكل ذيل حصان والمُبتّل بالكامل يتخبّط على كتفها بينما فعلت ذلك. اتّسعت عيناها عندما رأت مَن كان يحاول انتزاع الصدارة منها. أعادت الالتفات إلى الأمام، وأخفضت رأسها، ووجدت بعض السرعة الإضافية في رجليها.

جاراها سْكوت أولاً، ثم تفوّق عليها. أطبَق عليها، تدريجياً، وأصبح قريباً بما فيه الكفاية الآن ليلمس الجهة الخلفية لقميصها المبلَّل، وليرى غُدران المطر التي تسيل بوضوح على الجهة الخلفية لعنقها. كان قادراً – حتى في زئير العاصفة – أن يسمع لهاثها القوي تحت المطر. واستطاع رؤيتها، لكن ليس الأبنية التي كانا يمرّان بها على الجانبين، أو إشارة المرور الأخيرة، أو الجسر. فَقَد كل إحساس بمكان تواجده في الشارع الرئيسي، ولم تكن لديه أي معالم لتساعده. مَعلَمه الوحيد كان قميصها الأحمر.

اِلتفَتت إلى الوراء مرة أخرى، وكان هذا خطأ. فقد تعثّرت قدمها اليسرى بكاحلها الأيمن وسقطت، باسطةً ذراعيها إلى الخارج، وخبطت بالماء أمامها مثل ولد غطس على بطنه في حوض سباحة. سمِع نخرها بينما خرَج الهواء من رئتيها.

وَصَل سْكوت إليها، وتوقف، وانحنى. استدارت على ذراع لتنظر إليه. كان وجهها مزيجاً من الحنق والألم. "كيف غششتَ؟"، قالت لاهثةً. "اللعنة عليك، كيف استطعتَ–"

أمسَكها. ولمعَ برقٌ مُحدثاً وهجاً للحظة جَعَلها تجفل. "هيا". وَضَع ذراعه الأخرى حول خصرها ورفعها عن الأرض.

اتّسعت عيناها. وَمَض برقٌ آخر في السماء. "يا إلهي، ماذا تفعل؟ *ماذا يحدث لي؟*".

تجاهَل هذا. تحرّكت قدماها، لكن ليس على الشارع، الذي كان غارقاً الآن على عمق 3 سنتيمترات في المياه الجارية؛ بل داستا في الهواء. عرَف ماذا كان يحدث لها، وكان متأكداً أنه أمر مُدهِش، لكنه لم يكن يحدث له. كانت خفيفةً لنفسها، وربما أكثر من خفيفة، لكنها ثقيلة له، جسمٌ نحيلٌ كله عضلات وعصب. أفلتها. لا يزال غير قادر على رؤية جسر القصدير، لكن يمكنه رؤية قطعة صفراء باهتة لا شك أنها الشريط.

"*اذهبي!*"، صرَخ، وأشار إلى خط النهاية. "*اركضي!*".

ففعلت. ركَض خلفها. قطَعت الشريط. وَمَض البرق. تبَعها، رافعاً يديه في المطر، ومُبطئاً وهو يركض على جسر القصدير. وجَدها في منتصف الطريق راكعةً على يديها ورُكبتَيها. سقط بجانبها، وكلاهما يلهثان طلباً لهواءٍ بدا سائلاً في أغلبه.

نظَرت إليه، والماء يسيل على وجهها مثل دموعٍ.

"ماذا حصل؟ يا إلهي، لقد وَضَعت ذراعك حولي وشعرتُ كما لو أنني بوزن الريشة!".

تذكَّر سْكوت العملات المعدنية التي وَضَعها في جيبَي معطفه عندما ذهب لزيارة الدكتور بوب. تذكَّر الوقوف على ميزان حمّامه وهو يحمل ثقلاً وزنه عشرة كيلوغرامات في كل يد.

"أنتِ فعلتِ"، قال.

"ديدي! ديدي!".

كانت هذه مِيسِي تركض نحوهما. فتحت ذراعيها، ووقفت دِيردريه على قدمَيها وعانَقت زوجتها. ترنَّحتا وكادتا تسقطان. مدَّ سْكوت

ذراعيه ليلتقطهما، لكنه لم يلمسهما في الواقع. وَمَض برقٌ.

ثم اقتربت منهم الحشود، وأحاطهم متفرّجو كاسل روك، يصفّقون في المطر.

الفصل 5

بعد السباق

ذلك المساء كان سْكوت مستلقٍ في مغطس معبأ بماء ساخن بقدر ما يستطيع تحمّله، محاولاً تخفيف الألم في عضلاته. عندما بدأ هاتفه يرنّ، بحَث عنه بارتباك تحت الملابس النظيفة التي طواها على الكرسي قرب المغطس. أنا مربوط بهذا الشيء اللعين، فكّر في سرّه. "ألو؟".

"أنا دِيدريه ماكّومب يا سيد كاري. في أي ليلة تريد أن تُقيم عشاءنا؟ هل الاثنين القادم جيد، لأن المطعم مُغلق أيام الاثنين".

ابتسم سْكوت. "أعتقد أنكِ أسأت فهم الشرط يا آنسة ماكّومب. لقد فزتِ أنتِ، وكلباك حرّان الآن على مَرجتي، إلى الأبد".

"كلانا يعرف أن هذا ليس صحيحاً تماماً"، قالت. "في الواقع، أنتَ خسرتَ السباق عن قصد".

"لقد استحَقيتِ الفوز".

ضحِكت. كانت هذه أول ضحكة يسمعها منها، وكانت فاتنةً.

"مدرِّب الركض في مدرستي الثانوية سيشدّ شعره إذا سمِع هكذا جملة عاطفية. كان معتاداً على القول إن ما تستحقه لا علاقة له بالمرتبة التي تحقّقها في السباق. لكنني سأقبل الفوز، إذا دعوتنا على العشاء".

"إذاً سأصقل موهبتي في الطبخ النباتي. الاثنين القادم يناسبني، لكن فقط إذا أحضرتِ زوجتك. لنقل الساعة السابعة؟".

"هذا ممتاز، ولن ترضى أن يفوِّها العشاء. أيضاً...". ترّدَدت. "أريد أن أعتذر عما قلتُه. أعرف أنك لم تغشّ".

"لا داعي للاعتذار"، قال سْكوت، وقَصَد ذلك. لأنه غشَّ بطريقة من الطرق، حتى ولو كان ذلك لا إرادياً.

"إن لم يكن اعتذاري لهذا، عليَّ أن أعتذر عن طريقة معاملتي لك. يمكنني أن أتلمّس أعذاراً مخفِّفةً، لكن مِيسِي أخبرتني أنه لا توجد هكذا أعذار في حالتي، وقد تكون محقّة في ذلك. لديَّ بعض... المواقف... وتغييرها ليس سهلاً".

لم يستطع أن يفكِّر بماذا يردّ على ذلك، لذا غيَّر الموضوع. "هل تعاني إحداكن من حساسية من الغلوتين؟ غير قادرة على تحمُّل اللَّكتوز؟ أخبريني لكي لا أُعدّ شيئاً لا تستطيعين أنت أو مِيسِي – الآنسة دونالدسون – أكله".

ضحِكت مرة أخرى. "لا نأكل اللحم أو السمك، فقط لا غير. أما كل شيء آخر فحاضر على طاولتنا".

"حتى البيض؟".

"حتى البيض يا سيدكاري".

"سْكوت. ناديني سْكوت".

"سأفعل. وأنت نادني دِيردريه. أو ديدي، لتجنُّب الإلتباس مع الكلب دي". ترددت. "عندما نأتي إلى العشاء، يمكنك أن تشرح لي ماذا حصل عندما رفعتني؟ تنتابني أحاسيس غريبة عندما أركض، تصوّرات غريبة، سيُخبِرك كل عدّاء نفس–"

"حصل بعضٌ من هذا معي"، قال سْكوت. "بدءاً من تلة الصيّاد، بدت الأمور... غريبة جداً".

"لكنني لم أشعر بأي شيء مماثل أبداً. شعرتُ لثوانٍ معدودةٍ كما لو أنني على المحطة الفضائية، أو شيء من هذا القبيل".

"نعم، يمكنني شرح الأمر. لكنني أودّ دعوة صديقي الدكتور إليس، الذي يعرف من قبل. وزوجته، إن لم تكن مشغولة". إن كانت تقبل أن تأتي، هو ما لم يرغب سْكوت أن يقوله.

"رائع. إلى اللقاء الاثنين إذاً. آه، وتأكد أن تتصفّح الهيرالد برس. لن يُنشر المقال في الصحيفة إلى الغد، بالطبع، لكنه موجود على الانترنت الآن".

هذا أكيد، فكَّر سْكوت في سرّه. في القرن الحادي والعشرين، الصحف الورقية هي أيضاً مَصانع عربات تجرّها الدواب.

"سأفعل ذلك".

"هل تعتقد أنه كان البرق؟ هناك عند خط النهاية؟".

"نعم"، قال سْكوت. ماذا سيكون غير ذلك؟ فالبرق يرافق الرعد مثلما زبدة الفول السوداني ترافق الهلام.

"وأنا أيضاً"، قالت ديدي ماكّومب.

* * *

ارتدى ملابسه وشغّل كمبيوتره. كان المقال على صفحة بداية

الهيرالد برس، وكان متأكداً أنه سيكون على الصفحة الأولى لصحيفة السبت الورقية، وربما فوق الطيّة، إن لم تحدث أي أزمة عالمية جديدة. يقول عنوان المقال: *مالكة مطعم محلي تفوز بسباق الديوك الرومية في كاسل روك*. وفقاً للصحيفة، هذه أول مرة يفوز فيها أحد سكان البلدة بالسباق منذ عام 1989. كانت هناك صورتان فوتوغرافيتان فقط في الطبعة الإلكترونية، لكن سْكوت شَعَر أنه ستكون هناك صور أكثر في طبعة السبت الورقية. لم يكن البرق في النهاية؛ كان مصوّر الصحيفة الفوتوغرافي، وقد حصل على صور من الطراز الأول رغم المطر.

تُظهِر الصورة الأولى دِيردريه وسْكوت معاً، وإشارة المرور على جسر القصدير حمراء ساطعة في الخلفية، وهذا يعني أنها لا بدّ أن تكون قد سقطت قبل أقل من سبعين متراً من خط النهاية. كانت ذراعه حول خصرها، وقد التصق الشعر الذي تفلَّت من ذيل حصانها بخدّيها. كانت تنظر إليه من أسفل بدهشة منهكة. وكان ينظر إليها من أعلى... مبتسماً.

دبَّرت أمورها بمساعدة صغيرة من صديق، قال النص تحتها، وتحت ذلك: *الجار سْكوت كاري يساعد دِيردريه ماكّومب في الوقوف على قدَميها بعد سقوطها على الطريق المبلَّل قبل خط النهاية بمسافة قصيرة*.

وقال نص الصورة الفوتوغرافية الثانية *عناق النصر*، وذكرَ أسماء الأشخاص الثلاثة الظاهرين في الصورة: دِيردريه ماكّومب، ميليسّا دونالدسون، وسْكوت كاري. كانت دِيردريه ومِيسِي تتعانقان. ورغم أن سْكوت لم يلمسهما في الواقع، واكتفى برفع ذراعيه واحتضن بهما المرأتين في إيماءة غريزية لالتقاطهما في حال سقطتا، فقد بدت حركته وكأنه يشارك في العناق.

ذكَرَ متن المقال إسم المطعم الذي تديره دِيدريه ماكّومب مع "شريكتها"، واقتبسَ تقييماً نُشر في الصحيفة في أغسطس الماضي، واصفاً الطعام "مطبخ نباتي ذو طابع من تكساس-المكسيك يجب اختباره؛ إنه مكان يستحق الزيارة".

كان القط بيل دي قد أخذ مكانه الاعتيادي عندما جلس سْكوت أمام كمبيوتره، حيث جثم على طاولة جَنبيّة يراقب مالكه البشري بعينين خضراوين غامضتين.

"اسمع يا بيل"، قال سْكوت. "إن كان هذا لن يُحضِر زبائن إلى المطعم، فإن لا شيء آخر سيفعل ذلك".

دخَل الحمّام ووقف على الميزان. لم تفاجئه أخباره. لقد انخفض وزنه إلى 62. ربما بسبب مجهودات اليوم، لكنه لم يقتنع بذلك حقاً. ما أقنعه هو أن رفعه أيضه إلى ترس أعلى (وسريع في النهاية)، سرَّع العملية أكثر من ذي قبل.

بدأ يشعر أن يوم الصفر قد يحلّ قبل أسابيع مما توقَّعه.

* * *

أتت ميرا إليس إلى العشاء مع زوجها. كانت خجولة في البدء – جافلةً تقريباً – وكذلك كانت مِيسِي دونالدسون، لكن كوب شراب عنب فرنسي (قدَّمه سْكوت مع الجبن ورقائق البسكويت الهشّ والزيتون) أرخى توتّر السيدتين. ثم حدثت المفاجأة – اكتشَفت الاثنتان أنهما ميّالتين إلى الفطريات، وأمضتا معظم فترة تناول الطعام تتكلّمان عن الفطر الصالح للأكل.

"تعرفين الكثير عنها!"، صاحت ميرا. "هل يمكنني أن أسألك إن كنت قد درستِ في مدرسة لتعليم الطبخ؟".

87

"أجل. بعد أن تعرَّفتُ على ديدي، لكن قبل أن نتزوج بفترة طويلة. ذهَبتُ إلى معهد التعليم المطبخي. إنه–"

"المعهد الذي في نيويورك!"، صاحت ميرا. سقط بعض الفتات على بلوزتِها الحرير المكشكَشة. لم تلاحظ ذلك. "إنه مشهور! يا إلهي، أحسدك كثيراً!".

كانت دِيردريه تنظر إليهما وتبتسم. كذلك فعلَ الدكتور بوب. لكن كان ذلك جيداً.

أمضى سْكوت الصباح في متجر هانافورد المحلي، تاركاً كتاب فرحة الطهي الذي لم تأخذه نورا معها مفتوحاً على مقعد الولد في عربة تسوّقه. سأل عدة أسئلة، وأفادته أبحاثه، كالعادة. قدَّم لازانيا نباتية مع خبز محمَّص بالثوم. كان راضياً – لكن ليس متفاجئاً – من رؤية دِيردريه تضع ليس شرحةً واحدةً أو شرحتين بل ثلاث شرحات كبيرة في طبقها. كانت لا تزال في صيغة ما بعد الركض، وتحشو جسمها بالكربوهيدرات.

"أما بالنسبة للحلوى فهي مجرد كعكة رطلية اشتريتها من المتجر"، قال، "لكنني أعددتُ الكريما المخفوقة بالشوكولا بنفسي".

"لم أتناول هذه منذ أن كنتُ طفلاً"، قال الدكتور بوب. "كانت أمي تُعدّها للمناسبات الخاصة. نحن الأولاد نسمّيها كريما الشوكولا. أعطني منها يا سْكوت".

"زائد شراب عنب"، قال سْكوت.

صفَّقت دِيردريه. كانت متورِّدة الخدَّين، وعيناها تتلألآن، امرأةٌ من الواضح أن كل جزء من جسمها يعمل بكامل طاقته. "أعطني منها أيضاً!".

كان الطعام لذيذاً، وأول مرة يُخرج فيها كل الأوعية في المطبخ منذ

أن ارتَحَلت نورا فجأة. وبينما كان يراقبهم يأكلون ويستمَع إليهم يتكلَّمون، أدرَك كم كان هذا المنزل فارغاً به وبيل ليتنزّها فيه.

قضى خمستهم على الكعكة الرطلية. وعندما بدأ سْكوت يزيل الأطباق عن الطاولة، نَهضت ميرا ومِيسِي. "دعنا نفعل هذا"، قالت ميرا. "لقد طبختَ".

"على الإطلاق يا سيدتاي"، قال سْكوت. "سأضع كل شيء على منضدة المطبخ وأملأ غسّالة الأطباق لاحقاً".

أخذ أطباق الحلوى إلى المطبخ وكدّسها على المنضدة. استدار وكانت دِيردريه تقف هناك، تبتسم.

"إذا أردتَ وظيفة يوماً ما، فإن مِيسِي تبحث عن مساعد طبّاخ".

"لا أعتقد أنه يمكنني مجاراتُها"، قال سْكوت، "لكنني سأتذكّر هذا. كيف كانت الأعمال خلال عطلة نهاية الأسبوع؟ لا شكّ أنها جيدة بما أن مِيسِي تبحث عن مساعد".

"ممتلئة بالكامل"، قالت. "كل طاولة. أشخاص من بعيد، لكن أيضاً أشخاص من روك لم أرهم أبداً من قبل، على الأقل ليس في مطعمنا. ولدينا حجوزات لكل الطاولات للأيام التسعة أو العشرة القادمة. هذا يشبه الافتتاح مرة أخرى، عندما يأتي الأشخاص لرؤية ماذا لديك لتقدّمه. وإذا لم يكن ما لديك لذيذاً، أو حتى مقبولاً فقط، فإن معظمهم لن يحاول القدوم مرة أخرى. لكن ما تُعدّه مِيسِي أكثر من مجرد مقبول بكثير. سيعودون".

"الفوز بالسباق أحدَث فرقاً، أليس كذلك؟".

"*الصور* هي التي أحدَثت الفرق. ومن دونك، كانت لتكون مجرد صور لامرأة مثلية تفوز في سباق ركض، مجرد أمر عادي".

"أنت تقسين جداً على نفسك".

هزَّت رأسِها، مبتسمةً. "لا أعتقد. استعدّ أيها الفتى الكبير، أنا قادمة لأعانقك".

تقدَّمت. تراجَع سْكوت إلى الوراء، ومدَّ يديه أمامه فاتحاً راحتَيه. تلبَّد وجهه.

"لستِ أنتِ السبب"، قال. "صدِّقني، أحبّ كثيراً معانقتك. كلانا يستحق ذلك. لكنه قد لا يكون آمناً".

كانت مِيسِي تقف عند مدخَل المطبخ حاملةً أكواب شراب العنب. "ما الأمر يا سْكوت؟ هل تعاني من شيء ما؟".

ابتسم. "يمكنك قول ذلك".

انضم الدكتور بوب إلى المرأتين. "هل ستُخبرهم؟".

"نعم"، قال سْكوت. "في غرفة الجلوس".

* * *

أخبَرهم كل شيء. كان الارتياح هائلاً. بدت ميرا مُحتارة كلياً، كما لو أنها لم تستوعب ما قاله، لكن مِيسِي كانت غير مصدِّقة.

"هذا غير ممكن. تتغيَّر أجسام الأشخاص عندما يخسرون وزناً، هذه حقيقة علمية".

تردَّد سْكوت، ثم ذهَب إلى حيث كانت تجلس بجانب دِيردريه على الأريكة. "أعطني يدك. لثانية فقط".

مدَّتها دون تردّد. ثقة تامة. هذا المقدار لا يمكن أن يؤذي، أخبَر نفسه، وأمَل أن يكون محقًّا. ففي النهاية، رفعَ دِيردريه لتقف على قدمَيها عندما سقطت، وكانت بخير.

أخذ يد مِيسِي وسحَب. طارت عن الأريكة، وتطاير شعرها خلفها واتّسعت عيناها. أمسكها ليمنعها من الارتطام به، ورفعها،

90

وأجلسها، وتراجَع إلى الوراء. انثنت رُكبتاها عندما تركتها يداه وعاد وزنُها إلى جسمها. ثم وَقَفت، وراحت تحدِّق فيه مندهشةً.

"أنت... أنا... يا إلهي!".

"كيف كان شعورِكِ؟"، سأل الدكتور بوب. كان يجلس على طرف كرسيه وعيناه تلمعان. "أخبِريني!".

"كان... حسناً... لا أعتقد أنني أستطيع التعبير".

"حاولي"، قال مُلِحّاً.

"كان أشبه بالجلوس في أفعوانية عند وصولها إلى قمة أول تلة شاهقة وتبدأ الانحدار بسرعة. لقد ارتفعت معدتي في الهواء...". ضحِكت مرتعشةً وهي لا تزال تحدِّق في سْكوت. "كل شيء ارتفع!".

"جرَّبتُ هذا مع بيل"، قال سْكوت، وأومأ برأسه إلى حيث كان قطه يتمدَّد حالياً عند الموقد. "فَقَد صوابه. خدشني على طول ذراعي وهو يُسرع ليحاول القفز هرباً، وبيل لا يخدش أبداً".

"أي شيء تُمسكه يصبح بلا وزن؟"، قالت دِيردريه. "هل هذا حقيقي حقاً؟".

فكَّر سْكوت في هذا. كان غالباً ما يفكِّر فيه، وبدا له أحياناً أن ما يحصل له لم يكن ظاهرةً بل شيئاً يشبه جرثومةً، أو فيروساً.

"الكائنات الحيّة ليس لها وزن. بالنسبة لها، على الأقل، لكن–"

"لها وزن بالنسبة لك".

"نعم".

"لكن الأشياء الأخرى؟ الكائنات الجامدة؟".

"حالما أرفعها... أو أرتديها... لا. لا وزن". هزَّ كتفيه.

"كيف يُعقَل هذا؟"، سألت ميرا وهي تنظر إلى زوجها. "هل تعرف؟".

هزَّ رأسه.

"كيف بدأ هذا الأمر؟"، سألت دِيدريه. "ما الذي سبَّبه؟".

"لا فكرة. حتى إنني لا أعرف متى بدأ، لأنني لم أكن معتاداً أن أزن نفسي إلى أن كان الأمر قد بدأ من قبل".

"قلتَ في المطبخ إنه ليس آمناً".

"قلتُ إنه قد لا يكون آمناً. لستُ أكيداً، لكن ذلك النوع من انعدام الوزن المفاجئ قد يؤذي قلبك... ضغط دمك... عمل دماغك... مَن يدري؟".

"روّاد الفضاء يختبرون انعدام الوزن"، اعترَضت مِيسِي. "أو تقريباً. أظن أن الذين يدورون حول كوكب الأرض لا شك يتعرّضون لبعض شدّ الجاذبية على الأقل. والذين ساروا على سطح القمر، أيضاً".

"الأمر ليس هذا فقط، أليس كذلك؟"، قالت دِيدريه. "أنت خائف أن يكون مُعدياً".

أومأ سْكوت برأسه. "الفكرة خطرت على بالي".

سادت لحظة صمت بينما حاوَل الجميع استيعاب ما يصعب استيعابه. ثم قالت مِيسِي، "عليك الذهاب إلى عيادة! عليك إجراء بعض الفحوص! دع الأطباء الذين... الذين يعرفون عن هذا النوع من الأمور...".

انخفضَ صوتُها، وقد أدركت الواضح: لم يكن هناك أطباء يعرفون عن هذا النوع من الأمور.

"قد يتمكّنون من إيجاد طريقة لعكسه"، قالت في نهاية المطاف. ثم استدارت إلى إليس. "أنت طبيب. أخبِره!".

"لقد أخبرتُه"، قال الدكتور بوب. "عدة مرات. سْكوت يرفض. اعتقَدتُ في البدء أنه مخطئ في هذا – متشبِّث برأيه الخاطئ – لكنني

غيَّرتُ رأيي. أشكّ كثيراً أن هذا الشيء يمكن دراسته علمياً. قد يتوقف من تلقاء نفسه... وحتى قد يعكس نفسه... لكنني لا أعتقد أن أفضل الأطباء في العالم يستطيعون فهمه، ناهيك عن التأثير عليه بأي طريقة كانت، إيجابية أو سلبية".

"وليست لديَّ أي رغبة في تمضية بقية برنامج خسارة وزني في غرفة مستشفى أو مرفق حكومي أخضع لفحوص"، قال سْكوت.

"أو موضوع فضول لدى العامة، أفترض"، قالت دِيردريه. "أتفهَّم هذا. تماماً".

أومأ سْكوت برأسه. "لذا ستستفهمين عندما أطلب منك وعداً بأن ما قيل في هذه الغرفة سيبقى في هذه الغرفة".

"لكن ماذا سيجري لك؟"، انفجرت مِيسِي. "ماذا سيجري لك عندما لا يتبقَّى لديك أي وزن؟".

"لا أعرف".

"كيف ستعيش؟ لا يمكنك مجرد... مجرد...". نظرت حولها بحِدّة، كما لو أنها تأمل أن يُنهي أحدهم فكرتها. لم يفعل ذلك أحدٌ. "لا يمكنك مجرد العوم عند *السقف*!".

سْكوت، الذي كان قد فكَّر من قبل بهكذا حياة، اكتفى بهزّ كتفيه مرة أخرى.

مالت ميرا إليس إلى الأمام، وقد شبكت يديها بشكل محكم لدرجة أن مفاصل أصابعها ابيضَّت. "هل أنت خائف؟ أفترض أنك بلا شك خائف جداً".

"هذا هو الغريب"، قال سْكوت. "لستُ خائفاً. كنتُ خائفاً في البدء، لكن الآن... لا أعرف... يبدو الأمر مقبولاً نوعاً ما".

كانت هناك دموع في عينَي دِيردريه، لكنها ابتسمت. "أعتقد أنني

أتفهَّم هذا أيضاً"، قالت.

"نعم"، قال. "أصدّقك".

* * *

شَعَر أنه إذا وجدت إحداهن أنه من المستحيل عليها إبقاء الأمر سرًا، فستكون ميرا إليس، مع كل مجموعات ولجان دار العبادة التي هي عضوة فيها. لكنها أبقت الأمر سراً. كلهن فعلن ذلك. أصبحوا نوعاً من عُصبة سرية، يجتمعون مرةً في الأسبوع في مطعم الفاصوليا الشقية، حيث تترك لهم دِيردريه طاولةً محجوزةً دائماً، عليها لافتة صغيرة تقول حفلة الدكتور إليس. كان المكان ممتلئاً دائماً، أو تقريباً، وقالت دِيردريه إنه إن لم تُبطئ الأمور بعد السنة الجديدة، فستضطران إلى فتح أبواب المطعم باكراً أكثر وبدء تقديم جلسة ثانية. وظَّفت مِيسِي مساعد طبّاخ بالفعل ليساعدها في المطبخ، وبناءً على نصيحة سْكوت، وظَّفت شخصاً محلياً – كُبرى بنات مِيلي جاكوبز.

"إنها بطيئة قليلاً"، قالت مِيسِي، "لكنها مستعدة أن تتعلَّم، وحين يعود المصطافون، ستكون بخير. سترى".

ثم توردَّت خجلاً وأخفَضت نظرها إلى يديها، بعدما أدركت أن سْكوت قد لا يكون متواجداً عندما يعود المصطافون.

في العاشر من ديسمبر، أضاءت دِيردريه ماكّومب شجرة احتفال الشتاء الكبيرة في ساحة بلدة كاسل روك. حضر حوالي ألف شخص المراسم المسائية التي تضمَّنت غناء جوقة المدرسة الثانوية بعض أغاني الاحتفال. ووصل العُمدة كافلين، الذي كان يرتدي زيّ رجل احتفال الشتاء، على متن مروحية.

عمَّ التصفيق عندما صعَدت دِيردريه المنصة، وصدحت هتافات

الابتهاج عندما أعلنت أن شجرة التنّوب البالغ طولها تسعة أمتار هي "أفضل شجرة احتفال شتاء في أفضل بلدة في نيو إنغلاند".

شعشعت الأضواء، وغنّى الحَشد مع طلاب الثانوية: شجرة احتفال الشتاء، آه يا شجرة احتفال الشتاء، كم جميلة أغصانك. سُرَّ سْكوت من رؤية تريفور ياونت يغني ويصفِّق مع الجميع.

في ذلك اليوم، كان وزن سْكوت كاري 52 كيلوغراماً.

الفصل 6

الخفّة المذهلة للحياة

كانت هناك حدود لما بدأ سْكوت يعتبره "تأثير انعدام الوزن". فملابسه لم تَعُم عالياً عن جسمه. والكراسي لم ترتفع في الهواء عندما يجلس عليها، رغم أنه إذا حَمَل أحدها إلى الحمّام ووَقَف على الميزان معه، فإن وزن الكرسي لا يؤثّر على وزنه. إذا كانت هناك قواعد لما يحصل له، فهو لا يفهمها، أو يكترث لها. بقي متفائلاً، وينام ملء جفنيه في الليل. تلك هي الأشياء التي يكترث لها.

اتصل بمايك بادالامنتي في أول يوم من السنة الجديدة، وتمنّى له أطيب الأمنيات الملائمة، ثم قال إنه يفكِّر بالسفر إلى كاليفورنيا بعد بضعة أسابيع، ليزور عمّته الوحيدة الباقية على قيد الحياة. إذا قام بتلك الرحلة، هل يقبل مايك أن يعتني بقطّه؟

"حسناً، لا أعرف"، قال مايك. "ربما. هل يقضي حاجته في صندوق خاص؟".

"بالتأكيد".

"لماذا اخترتني؟".

"لأنني أعتقد أن كل مكتبة يجب أن تتضمن قطاً، وهذا ما تفتقر له حالياً".

"لكم من الوقت تنوي أن تغيب؟".

"لا أعرف. هذا يعتمد نوعاً ما على صحة العمّة هارييت". لم تكن هناك عمّة تدعى هارييت، بالطبع، وعليه أن يطلب من الدكتور بوب أو ميرا أخذ القط إلى مايك. فدِيردريه ومِيسِي تعبقان برائحة كلبٍ، ولم يعد سْكوت قادراً حتى على مداعبة صديقه القديم؛ أصبح بيل يهرب إذا اقترب منه سْكوت كثيراً.

"ماذا يأكل؟".

"فريسكيز"، قال سْكوت. "وستأتي كمية جيدة مع الحيوان. أقصد، إذا قرَّرتُ السفر".

"حسناً، اتفقنا".

"شكراً يا مايك. أنت صديق حقيقي".

"أجل، لكن ليس لهذا السبب فقط. لقد أدَّيتَ خدمة صغيرة لكن قيّمة لهذه البلدة عندما ساعَدت الأنثى ماكّومب على النهوض لكي تتمكن من إنهاء السباق. ما كان يحصل معها ومع زوجتها كان أمراً بشعاً. الوضع أفضل الآن".

"أفضل قليلاً".

"في الواقع، أفضل كثيراً".

"حسناً، شكراً. وكل عام وأنت بخير مرة أخرى".

"وأنت أيضاً يا صديقي. ما إسم السِنَّوريّ؟".

"بيل. القط بيل دي، في الواقع. احمله وداعبه بين الحين والآخر. أقصد، إذا قرَّرتُ السفر. إنه يحبّ ذلك".

أغلق سْكوت السمّاعة، وفكَّر بمعنى التخلّي عن الأشياء – خاصة الأشياء التي كانت أصدقاء أعزّاء أيضاً – وأغمض عينيه.

* * *

اتصل الدكتور بوب بعد بضعة أيام، وسأل سْكوت إن كانت خسارته الوزن لا تزال ثابتةً عند كيلوغرام في اليوم. ردَّ سْكوت إيجاباً، وهو يعلم أن الكذبة لا تستطيع أن تعود لتؤرقه؛ لا يزال شكله كما في السابق تماماً، حتى آخر سنتيمتر من بطنه المنتفخ المتدلّي فوق حزامه.

"إذاً... لا تزال تظن أن وزنك سيصبح صفراً في أوائل مارس؟".

"نعم".

يظن سْكوت الآن أن يوم الصفر قد يحلّ قبل نهاية يناير، لكنه ليس أكيداً، ولا يستطيع أن يتكهّن بدقة، لأنه توقَّف عن وزن نفسه. فقد بدأ يتجنَّب ميزان الحمّام منذ وقت ليس ببعيد لأنه يُظهِر الكثير من الكيلوغرامات؛ أصبح يتجنّبه الآن للسبب المعاكس. لم يفقد حس السخرية التي لديه.

في الوقت الحاضر، لا يجب إطلاع بوب وميرا إليس على مدى تسارع الأمور معه، وكذلك مِيسِي وِديردريه. سيضطر إلى إخبارهم في نهاية المطاف، لأنه عندما تحلّ النهاية، سيحتاج إلى مساعدة من أحدهم. وكان يعرف مَن.

"كم وزنك الآن؟"، سأل الدكتور بوب.

"48"، قال سْكوت.

"يا إلهي!".

اعتقدَ أن إليس سيقول أكثر من مجرد هذا لو عرَف ما يعرفه سْكوت: كان وزنه أشبه بـ 31. يستطيع عبور غرفة جلوسه الكبيرة بأربع خطوات، أو قفزات، ويلتقط أحد قضبان السقف، ويلوّح نفسه عنه مثل طرزان. لم يصل بعد إلى ما سيكون وزنه على سطح القمر، لكنه كان يقترب منه.

بقي الدكتور بوب صامتاً للحظة، ثم قال، "هل فكَّرت بأن سبب ما يحصل لك قد يكون حيّاً؟".

"بالتأكيد"، قال سْكوت. "ربما جرثومةٌ غريبةٌ دخلت جرحاً، أو فيروسٌ نادرٌ جداً تنشّقتُه".

"هل خطرَ على بالك أنه قد يكون عقلاً واعياً؟".

جاء دور سْكوت الآن ليصمت. قال أخيراً، "نعم".

"عليَّ أن أقول إنك تتعامل مع هذا بشكل جيد جداً".

"كل شيء جيد حتى الآن"، قال سْكوت، لكنه اكتشَف بعد ثلاثة أيام مع كم عليه أن يتعامل قبل أن تحلّ النهاية. اعتقَد أنه يعرف، اعتقَد أنه يمكنه الاستعداد... ثم حاوَل إحضار البريد.

* * *

بدأت ماين الغربية تشهد ذوباناً للثلوج منذ أول يوم من السنة الجديدة، مع بلوغ الحرارة حوالي عشر درجات. بعد يومين من مكالمة الدكتور بوب، ارتفعت الحرارة إلى حوالي خمس عشرة درجة، وعاد الأولاد إلى المدرسة يرتدون ستراتهم الخفيفة. لكن الحرارة انخفضت تلك الليلة، وبدأ يهطل مطرٌ ممزوجٌ بثلوج.

بالكاد لاحَظ سْكوت ذلك. فقد أمضى المساء يشتري أشياء

100

عبر كمبيوتره. كان يمكنه شراء كل تلك البنود محلياً – الكرسي ذي العجلات ومشدّ الصدر من قسم الفُغرات في الصيدلية التي اشترى منها حلوى الهالووين، والمنحَدَر والمِلزمات من متجر بوردي – لكن السكان المحليين يميلون إلى الثرثرة وطرح الأسئلة. لم يكن يريد ذلك.

انتهى تساقط الثلج حوالي منتصف الليل، وبدأ اليوم التالي بفجرٍ صافٍ وباردٍ. كان الثلج الجديد، المتجمِّدة قشرته العليا، ذا منظر رائع جداً، كما لو أن أحدهم رشَّ مَرجة سْكوت والممر الخاص لمنزله ببلاستيك شفاف. ارتدى سْكوت معطفه وخرَج لِيُحضِر البريد. أصبح معتاداً على تخطي الدرجات والقفز نزولاً إلى الممر الخاص مباشرة. بدت رجلاه، ذات العضلات القوية بشكل كبير نسبةً لوزنه، وكأنهما تتوقان لانفجار الطاقة ذاك.

فعلَ ذلك الآن، وعندما وطأت قدماه القشرة الجليدية، انزلقتا من تحته. حطَّ على مؤخِّرته، فبدأ يضحك، ثم توقف عندما بدأ ينزلق. تزحلقَ نزولاً على منحدر المَرجة مستلقياً على ظهره، مثل وزنٍ على السطح المكسو بنشارة الخشب لممر البولينغ، مكتسباً سرعةً مع اقترابه من الشارع. أمسَكَ أجمةً، لكنها كانت مطلية بالجليد وانزلقت يده عنها. استدار على معدته وفتح رجلَيه، معتقداً أن ذلك قد يُبطئ سرعته. لكنه لم يُبطئها. بل انحرف جانبياً.

القشرة سميكة لكن ليس بهذه السماكة، فكَّر في سرّه. لو كان وزني بالقدر الذي أبدو عليه، لكنتُ كسرتُ القشرة وتوقفتُ. لكنني لستُ كذلك. سأصل إلى الشارع، وإذا كانت هناك سيارة قادمة، فقد لا تكون قادرة على التوقف في الوقت المناسب. لن أضطر عندها إلى القلق بشأن يوم الصفر.

لم يذهب إلى ذلك الحدّ. فقد ارتطم بالعمود الذي يقف عليه

صندوق بريده، وكان الارتطام قوياً كفاية ليقطع له أنفاسه. عندما استعاد أنفاسه، حاوَل النهوض. لكنه انزلق على القشرة الزلقة وسقط مرة أخرى. ثبَّت قدمَيه على العمود ودفَعَ. لم ينفع ذلك أيضاً. فقد سار حوالي متر ونصف، ثم زال زخمه، فعاد وانزلق إلى العمود. حاوَل بعد ذلك أن يجرّ نفسه، لكن أصابعه بقيت تنزلق على القشرة الجليدية. لقد نسي قفازاته، وبدأ الخدر يصيب يديه.

أحتاج إلى مساعدة، فكَّر في سرّه، والإسم الذي خطر على باله فوراً كان دِيدريه. مدّ يده إلى جيب معطفه، لكنه نسي هاتفه لأول مرة. كان يستريح على مكتبه. افترَض أنه يمكنه دفع نفسه إلى الشارع على أي حال، ويشقّ طريقه إلى الرصيف، ويلوِّح لأي سيارة تقترِب منه. سيتوقف أحدهم ويساعده، لكن ذلك الشخص سيطرح أسئلة لم يكن سْكوت يريد الإجابة عليها. كان الممر الخاص لمنزله ميؤوساً أكثر حتى؛ فقد بدا أشبه بحلبة تزلّج.

ها أنا ذا، فكَّر في سرّه، مثل سلحفاة على ظهرها. اليدان خَدِرتان، والقدمان قريباً.

رفعَ عنقه لينظر إلى الأشجار العارية، وأغصانها المتمايلة بلطف تحت السماء الزرقاء الصافية. نظَرَ إلى صندوق البريد، ورأى ما قد يكون حلاً لمشكلته الجدّية الهزلية. استوى جالساً مثبّتاً منفرج ساقيه عند العمود وأمسك العلم المعدني الموجود على جانب الصندوق. كان رخواً، ولم يحتج سوى إلى شدّ مرتين لينزعه من مكانه. استخدَم طرفه المعدني المتعرّج ليحفر فجوتين في القشرة. وَضَع ركبته في إحداهما، ثم قدمه في الأخرى. نهض، مُمسكاً العمود بيده الحرة ليحافظ على توازنه. شقّ طريقه صعوداً على المَرجحة وصولاً إلى الدرجات بهذا الأسلوب، منحنياً ليخترق القشرة، ثم متقدّماً، ثم مخترقاً القشرة مرة أخرى.

مرَّت سيارتان، وأطلق أحدهم بوق سيارته. رفعَ شْكوت يداً ولوَّح دون أن يستدير. حين وصل إلى الدرجات، كان يداه قد فقدتا كل إحساس، وإحداهما تنزف في مكانين، وظهره يؤلمه كثيراً. بدأ يتوجّه إلى الباب، انزلَق، وبالكاد تمكّن من الإمساك بالدرابزين الحديدي المغطى بالجليد قبل أن يعاود الانزلاق إلى صندوق البريد مرة أخرى. لم يكن متأكداً أنه سيملك ما يكفي من قوة وقتها ليعاود التسلّق من جديد، حتى مع وجود الفجوات مسبقاً. كان منهكاً، ورائحته نِتنة من العرق داخل معطفه. استلقى في القاعة. وأتى بيل لينظر إليه – لكن ليس من مسافة قريبة جدًا – وأصدرَ مواء للتعبير عن قلقه.

"أنا بخير"، قال. "لا تقلق، ستظل تحصل على طعامك".

نعم، أنا بخير، فكَّر في سرّه. فقط تزلَّجتُ قليلاً بشكل مرتجَل على القشرة. لكن هنا بدأ الأمر اللعين حقاً.

افترَض أنه إذا كانت هناك مواساة له، فهي أن الأمر اللعين حقا لن يدوم طويلاً.

لكنني أحتاج إلى نَصْب تلك المِلزمات وتركيب ذلك المنحَدَر في أسرع وقت ممكن. لم يعد لديَّ الكثير من الوقت الآن.

* * *

مساء يوم اثنينٍ في منتصف الشهر، تناول أعضاء "حفلة الدكتور إليس" آخر وجبة طعام لهم معاً. لم ير شْكوت أحدهم لمدة أسبوع، معبِّراً عن حاجته إلى الاختباء وإنهاء مشروع مركز تسوّقه الحالي، الذي كان قد أنجزه في الواقع، مسودته الأولى على الأقل، قبل احتفال الشتاء. اعتبر أن شخصاً آخر سيطبّق اللمسات الأخيرة عليه.

قال إن اللقاء يجب أن يكون تشاركاً للطعام، حيث يُحضرون

الطعام معهم، لأن الطبخ أصبح صعباً عليه. في الواقع، كل شيء أصبح صعباً عليه. كان الصعود إلى الطابق العلوي سهلاً كفاية؛ ثلاث وثبات كبيرة بلا أي جهد. أما النزول فكان أصعب، لأنه يخشى أن يتعثّر ويكسر رِجله، لذا راح يُمسك الدرابزين وينزل درجةً درجةً بكل هدوء، مثل عجوز مصاب بالنقرس ويعاني من ورك سيئ. كما اكتسب عادة الارتطام بالجدران، لأن تقدير الزخم أصبح صعباً، والتحكم به أصعب حتى.

سألته ميرا عن المنحَدَر الذي يغطي الآن الدرجات التي تؤدي إلى عتبة البيت. وشَعَر الدكتور بوب وميسِي بقلق أكبر بشأن الكرسي ذي العجلات الواقف في زاوية غرفة الجلوس، ومشدّ الصدر – الذي يستخدمه الأشخاص الذين لا يملكون قدرة كبيرة على الجلوس بشكل مستقيم – الموضوع فوق ظهره. لم تطرح دِيردريه أي أسئلة، بل اكتفت بالنظر إليه بنظرات حكيمة حزينة.

أكَلوا كاسرولة خضار لذيذة المذاق (ميسِي)، وغراتان بطاطا مع صلصة الجبنة (ميرا)، وأنهوا الوليمة بكعكة إسفنجية كثيرة الكتل لكن لذيذة المذاق كان أسفلها محروقاً قليلاً (الدكتور بوب). كان عصير العنب جيداً، لكن الأحاديث والضحكات كانت أفضل.

عندما أنهوا تناول الطعام، قال: "حان وقت الاعتراف. لقد كنتُ أكذب عليكم. الوتيرة أسرع بكثير مما أخبرتكم".

"سْكوت، لا!"، صاحت مِيسِي.

أومأ الدكتور بوب برأسه، وبدا غير متفاجئ. "كم أسرع؟".

"كيلوغرام ونصف في اليوم".

"وكم تزن الآن؟".

"لا أعرف. أصبحتُ أتجنَّب الميزان. هيا نكتشف".

حاوَل سْكوت أن يقف. ارتطم فخذاه بالطاولة وطار إلى الأمام، موقعاً كوبَي شراب عنب عندما مدَّ يديه ليوقف نفسه. رَفَعت دِيردريه غطاء الطاولة بسرعة ورمته فوق السائل المنسكب.

"آسف، آسف"، قال سْكوت. "لا أعرف قوتي هذه الأيام".

استدار بحذر شديد مثل رجل يرتدي زلّاجات ذات عجلات في رِجلَيه، وبدأ يسير نحو النصف الخلفي للمنزل. مهما حاول أن يسير بحذر، أصبحت خطواته وثباتٍ. أراده وزنه المتبقي أن يبقى على الأرض؛ وأصَرَّت عضلاته أن يرتفع فوقها. فَقَد توازنه واضطر أن يُمسك بإحدى الملِزمات المثبَّتة حديثاً ليمنع نفسه من السقوط في الرواق.

"يا إلهي"، قالت دِيردريه. "هذا يشبه اضطرارك إلى تعلّم السير من جديد".

كان عليك رؤيتي في آخر مرة حاوَلتُ إحضار البريد، فكَّر سْكوت في سرّه. تلك كانت تجربة تعليمية حقيقية.

على الأقل لا أحد منهم أعاد طرح فكرة العيادة. لكنه لم يتفاجأ من عدم طرحهم لها. فنظرة واحدة إلى طريقة تحرُّكه، الغريبة والمضحكة واللبقة بشكل غريب، كانت كافية لاستبعاد فكرة أن بإمكان العيادة أن تفيده بأي شيء. لقد أصبحت هذه المسألة شخصية الآن. فهِموا ذلك. وكان مسروراً.

تجمَّعوا كلهم في الحمّام لمراقبته يقف على ميزان الأوزيري. "يا إلهي"، قالت مِيسِي بهدوء. "آه يا سْكوت".

كان وزنه 13.5 كيلوغرام.

* * *

شقَّ طريقه عائداً إلى غرفة الطعام ولحقوا به تِباعاً. كان حذِراً مثل

رجل يستخدم أحجاراً ليجتاز جدولاً، ومع ذلك اصطدم بالطاولة مرة أخرى. اقتربت منه مِيسِي غريزياً لمحاولة تثبيته، لكنه لوَّح لها بيده قبل أن تتمكَّن من لمسه.

بعدما جلسوا، قال، "أنا على ما يرام مع هذا. ممتاز، في الواقع. حقاً".

كانت ميرا شاحبة جداً. "كيف يُعقل هذا؟".

"لا أعرف. لكن هذا عشاؤنا الوداعي. لن أراكم مرة أخرى. ما عدا دِيردريه. أحتاج إلى شخص ليساعدني في النهاية. هل تقبلين؟".

"نعم، بالطبع". لم تتردَّد، ثم وضعت ذراعها حول زوجتها، التي بدأت تبكي.

"أريد فقط أن أقول...". صمتَ سْكوت، ثم تنحنح. "أريد أن أقول إنني أتمنى لو سنحَ لنا مزيد من الوقت. كنتم أصدقاء طيبين لي".

"لا يوجد مديح صادق أكثر من هذا"، قال الدكتور بوب. كان يمسح عينيه بمنديل.

"هذا ليس عدلاً!"، انفجرت مِيسِي. "ليس عدلاً أبداً!".

"حسناً، لا"، وافَقها سْكوت، "ليس عدلاً. لكنني لا أترك أي أولاد خلفي، وطليقتي سعيدة حيث هي، وهذا أكثر عدلاً من السرطان، أو ألزهايمر، أو أن أكون ضحية حريق قابعاً في مستشفى. أظن أنني سأدخل التاريخ، إذا تكلَّم أي شخص عن حالتي".

"نحن لن نفعل ذلك"، قال الدكتور بوب.

"لا"، وافَقت دِيردريه. "لن نفعل. هل يمكنك أن تُخبِرني ما الذي تريدني أن أفعله لك يا سْكوت؟".

يمكنه أن يُخبرها وقد أخبرها فعلاً، ذاكراً كل شيء ما كان مخفياً في كيس ورقي في خزانة القاعة. استمَعوا إليه بصمت، ولم ينطق

أحدهم بأي كلمة اعتراض.

عندما انتهى من الكلام، سألته ميرا، بخجل كبير، "كيف تشعر يا سْكوت؟".

تذكَّر سْكوت كيف شَعَر عند نزوله تلة الصيّاد، عندما حصل على رياحه الخلفية وانكشف له العالم بأكمله في عظمته المخفية عادة في الأشياء العادية - السماء المتلبّدة الداكنة، الرايات المرفرِفة من الأبنية في وسط المدينة، كل حصاة نفيسة وعَقِب سيجارة وعلبة شراب شعير مرمية على جنب الطريق. جسمه الذي راح يعمل لمرة واحدة بكامل قدرته، كل خلية غنية بالأكسجين.

"منعتِق"، قال أخيراً.

نظَرَ إلى دِيردريه ماكّومب، ورأى عينيها اللامعتين مثبّتتين على وجهه، وعرَف أنها فهِمت سبب اختياره لها.

* * *

ميرا تملّقت بيل ليدخل الصندوق المخصَّص لنقل القطط، وأخذه الدكتور بوب إلى سيارته الجيب فورْزنر ووضعه وراء المقعد الخلفي. ثم وَقَف أربعتهم على الشرفة، وراحت أنفاسهم تستمتع بهواء الليل البارد. بقي سْكوت عند المدخل، متمسّكاً بشدة بإحدى المِلزمات.

"هل يمكنني أن أقول شيئاً قبل أن نذهب؟"، سألت ميرا.

"بالطبع"، قال سْكوت، لكنه تمنى ألا تقول شيئاً. تمنّى لو يغادرون فقط. اعتقَد أنه اكتشَف إحدى حقائق الحياة الرائعة (وواحدة كان يفضِّل ألا يكتشفها): أصعب شيء على المرء أكثر من توديع نفسه، بمقدار نصف كيلوغرام كل مرة، هو توديع أصدقائه.

"كنتُ حمقاء جداً. آسفه عما يحصل لك يا سْكوت، لكنني

مسرورة عما حصل لي. لو لم يحصل، لكنتُ بقيتُ غافلة عن بعض الأشياء الجيدة جداً، وعن بعض الأشخاص الجيدين جداً. لكنتُ بقيتُ عجوزاً حمقاء. لا يمكنني معانقتك، لذا فإن هذا سيفي بالغرض".

فتَحت ذراعيها، وسحبت دِيردريه ومِيسِي إليهما، وعانَقتهما. وعانَقتاها بدورهما.

قال الدكتور بوب، "إذا احتجتَ لي، سآتي بلمح البصر". ضحِك. "حسناً، لا، أيام قدومي بلمح البصر أصبحت خلفي في الواقع، لكنك تفهم قصدي".

"أجل"، قال سْكوت. "شكراً".

"إلى اللقاء أيها العجوز. انتبه أين تدوس قدماك. وكيف".

راقَبهم سْكوت يسيرون إلى سيارة الدكتور بوب. وراقَبهم يركبونها. لوَّح لهم بيدهم، مع انتباهه إلى استمرار تمسّكه بالملزمة. ثم أغلَق الباب واستخدم طريقته المتأرجحة بين السير والقفز ليذهب إلى المطبخ، وهو يشعر كما لو أنه إحدى شخصيات أفلام الرسوم المتحركة. وهذا، في الواقع، السبب الذي جعله يعتبر أنه من المهم جداً إبقاء هذا الأمر سراً. كان متأكداً أنه بدا منافياً للعقل، وكان منافياً للعقل حقاً... لكن فقط إذا كان في الخارج.

جلَس وراء منضدة المطبخ ونظَر إلى الزاوية الفارغة حيث تواجد طبق طعام بيل ومائه طوال السنوات السبعة الأخيرة. نظَر إليه لوقت طويل. ثم صعد إلى سريره.

* * *

في اليوم التالي، تلقى رسالة بريد إلكتروني من مِيسِي دونالدسون.

أخبَرتُ ديدي أنني أريد أن أذهب معها، وأكون بجانبك في

108

النهاية. تجادلنا جدالاً قوياً بشأن ذلك. ولم أذعن إلا بعد أن ذكّرتني بقدمي، وبشعوري تجاهها عندما كنتُ فتاة صغيرة. يمكنني أن أركض الآن – أحبّ أن أركض – لكنني لم أكن أبداً عدّاءةً منافِسةً مثل ديدي، لأنني جيدة للمسافات القصيرة فقط، حتى بعد كل تلك السنوات. لقد وُلدتُ وأنا أعاني من مشكلة حنف القدم. خضعتُ لجراحة تصحيحية عندما كنتُ في السابعة من عمري، لكنني بقيتُ أسير مستعينةً بعصا حتى ذلك الوقت، واحتجتُ إلى سنوات عديدة بعد ذلك لأتعلّم السير بشكل طبيعي.

عندما كنتُ في الرابعة من عمري – أتذكّر هذا جيداً – سمحتُ لصديقتي فيليسيتي أن ترى قدمي. ضحِكت وقالت إنها قدم مُقرفة وبشعة وغبية. بعد ذلك لم أدع أي شخص يراها ما عدا أمي والأطباء. لم أرد أن يسخر مني الناس. تقول ديدي إن هذا هو شعورك تجاه ما يحصل لك. قالت، "يريدك أن تتذكّريه على طبيعته، لا أن تتذكّري صورته وهو يرتدّ في منزله ويبدو مثل تأثيرات خاصة سيئة في فيلم خيال علمي من حقبة الخمسينات".

فهمتُ عندها، لكن هذا لا يعني أنه أعجبني، أو أنك تستحقه.

شُكوت، ما فعلته يوم السباق مكّننا من البقاء في كاسل روك، ليس فقط لأن لدينا تجارة هنا بل لأنه يمكننا الآن أن نصبح جزءاً من حياة البلدة. تظن ديدي أنهم سيدعونها للانضمام إلى جمعية الجيسيز. تضحك وتقول إن هذا سخيف، لكنني أعرف أنها في داخلها لا تعتبره سخيفاً أبداً. هذا كأسٌ، مماثل للكؤوس التي نالتها في السباقات التي فازت بها. آه، لن يتقبلنا الجميع، لستُ سخيفة (أو ساذجة) إلى حدّ أن أصدِّق هذا، لكن معظمهم سيتقبّلنا. العديد منهم تقبّلنا من قبل. لولاك لما حصل ذلك أبداً، ولولاك لبقي جزئ من محبوبتي منغلقاً دائماً

عن بقية العالم. لن تُخبِرك هذا، لكنني سأُخبرك أنا: لقد أزلتَ كاهلاً ثقيلاً عن كتفها، ويمكنها أن تعاود السير بشكل مستقيم الآن. لطالما كانت أشبه بحّبة صبّار، ولا أتوقع منها أن تتغيّر، لكنها تفتّحت الآن. أصبحت ترى أكثر، تسمع أكثر، يمكنها أن تكون أكثر. أنتَ جعلتَ ذلك ممكناً. لقد رَفعتها عندما سقطت.

تقول إن هناك رابطاً بينكما، شعوراً مشتركاً، ولهذا السبب عليها أن تكون الشخص الذي يساعدك في النهاية. هل أشعر بالغيرة؟ قليلاً، لكنني أعتقد أنني أفهم. فهمتُ عندما قلتَ إنك تشعر أنك منعتِق. هكذا تكون هي عندما تركض. لهذا السبب هي تركض.

تشجَّع رجاءً يا سْكوت، وثِق أنني أفكّر فيك. باركك الله.

مع كل حبي،

مِيسِي

ملحوظة: عندما نذهب إلى المكتبة، سنداعب بيل دائماً.

فكَّر سْكوت في الاتصال بها وشكرها على قولها هكذا أشياء لطيفة، ثم قرَّر أنها فكرة سيئة. قد يسبّب ذلك بدء حديث بينهما. طبَع رسالتها بدلاً من ذلك، ووضعها في أحد جيوب المشدّ. سيأخذها معه عندما يذهب.

* * *

في صباح الأحد التالي، انتقل سْكوت عبر القاعة إلى حمّام الطابق السفلي في سلسلة خطوات لم تكن خطوات أبداً. كانت كل خطوة عبارة عن عوم طويلٍ يرفعه إلى السقف، حيث يدفع بأصابعه ليُنزل نفسه من جديد. اشتعِل الفرن، وهَبَّة الهواء الهادئ من الفتحة طيّرته قليلاً في الواقع. فتَل جسمه وأمسك مِلزمةً ليسحب نفسه بعيداً عن

110

مجرى الهواء.

في الحمّام، حام فوق الميزان واستقرّ عليه أخيراً. اعتقَد في البدء أنه لن يُظهِر أي وزن أبداً. ثم بَصَق أخيراً رقماً: 950 غراماً. كان ما توقَّعه.

اتصل بهاتف دِيردريه الخلوي ذلك المساء. أبقَ المحادثة بسيطةً.

"أحتاج إليك. هل تستطيعين القدوم؟".

"نعم". هذا كل ما قالته، وكل ما احتاج إلى سماعه.

* * *

كان باب المنزل مغلقاً لكن غير موصدٍ. دخلت دِيردريه، دون أن تفتح الباب على مصراعيه بسبب الرياح. أشعلت أضواء القاعة لتبدِّد الظلال، ثم دخَلت غرفة الجلوس. كان سْكوت على الكرسي ذي العجلات، حيث تمكَّن من إدخال نفسه تحت المشدّ جزئياً، الذي كان مربوطاً بالجهة الخلفية للكرسي، لكن جسمه كان عائماً عالياً عن مقعد الكرسي وإحدى ذراعيه عالقة في الهواء. كان وجهه يلمع من العرق، والجهة الأمامية لقميصه داكنة به.

"أنتظَرتُ لفترة طويلة جداً تقريباً"، قال. بدا منقطع الأنفاس. "اضطررتُ إلى أن أسبح نزولاً إلى الكرسي. بأسلوب السباحة على الصدر، إذا كنتِ قادرة على تصديق ذلك".

كانت دِيردريه قادرة. ذهَبت إليه ووَقَفت أمام الكرسي ذي العجلات، وهي تنظر إليه مندهشة. "منذ كم من الوقت وأنت هنا في هذا الوضع؟".

"منذ بعض الوقت. أردتُ أن أنتظر حتى يحل المساء. هل حلَّ المساء؟".

"تقريباً". ركعت على رُكبتَيها. "آه يا سْكوت. هذا سيئ جداً".

هزَّ رأسه يميناً ويساراً بحركة بطيئة، مثل رجل يهزّ رأسه تحت الماء. "أنتِ تعرفين أكثر".

اعتقَدت أنها تعرف أكثر. أمَلت أن تعرف أكثر.

كافحت مع ذراعه العائمة وتمكَّنت أخيراً من إدخالها في تقويرة ذراع السترة. "هل يمكنكِ محاولة شدّ الأربطة على صدري وخصري من دون لمسي؟".

"أعتقد ذلك"، قالت، لكن مفاصل أصابعها لمسته مرتين بينما رَكَعت أمام الكرسي – مرة على جنبه، ومرة على كتفه – وشَعَرت في المرتين بارتفاع جسمها عن الأرض ثم هبوطه من جديد. انقلبت معدتها عند كل لمسة، مما ذكَّرها بوالدها يعتذر ضاحكاً عندما ترتطم سيارتهم بمطب كبير. أو، نعم – كانت مِيسِي محقَّة – أو مثلما يحصل عندما تصل الأفعوانية إلى قمة التلة الأولى، وتتردَّد قليلاً، ثم تهبط.

أنهت مهمتها أخيراً. "ماذا الآن؟".

"نختبر هواء الليل قريباً. لكن ادخلي أولاً الخزانة، تلك الموجودة في المدخل حيث أحتفظ بأحذيتي. ستجدين هناك كيساً ورقياً وحبلاً. أعتقد أنه يمكنك دفع الكرسي ذي العجلات، لكن إذا لم تكوني قادرة على ذلك، سيكون عليك ربط الحبل حول مسند الرأس وسحبه".

"وأنتَ متأكد من هذا؟".

أومأ برأسه، مبتسماً. "هل تعتقدين أنني أريد قضاء بقية حياتي مربوطاً بهذا الشيء؟ أو أن يضطر شخصٌ إلى تسلّق سُلّمٍ لإطعامي؟".

"حسناً، ذلك سيشكِّل فيديواً رائعاً على يوتيوب".

"فيديو لا أحد سيصدِّقه".

وجَدت الحبل والكيس الورقي البني وعادت بهما إلى غرفة الجلوس. مدَّ سْكوت يديه. "بالله عليك يا فتاة، دعينا نرى مهاراتك.

ارمي لي الكيس من هناك".

ففعلت، وكانت رمية جيدة. طار الكيس في مسار متقوّس في الهواء نحو يديه الممدودتين... وتوقف قبل أقل من سنتيمترين فوق راحتَي يديه... ثم استقرّ عليهما ببطء. ثم بدا أن الكيس اكتسب وزناً، واضطرت دِيردريه أن تذكّر نفسها بما قاله عندما شرح لهم لأول مرة ما الذي يحصل له: كانت الأشياء ثقيلة بالنسبة *له*. هل هذا تناقض؟ سبّب لها هذا ألماً في رأسها، ولم يكن هناك وقت الآن للتفكير بهذه بالمسألة، على أي حال. مزّق الكيس الورقي وأخرج منه غرضاً مربعاً ملفوفاً بورقة سميكة مزخرفة بخطوط أشعة نجمة. كان هناك لسان أحمر مسطّح طوله حوالي خمسة عشر سنتيمتراً ناتئاً من الجهة السفلى.

"هذا يسمّى أنوار السماء. مئة وخمسون دولاراً من مَصنع فايروركس في أكسفورد. اشتريته عبر الانترنت. آمل أن يستحق ثمنه".

"كيف ستُشعله؟ كيف يمكنك عندما... عندما...".

"لا أعرف إن كنتُ أستطيع، لكن الثقة عالية. هناك فتيل يشتعل بالخدش".

"سْكوت، هل عليَّ أن أفعل هذا؟".

"نعم"، قال.

"تريد أن تذهب".

"نعم"، قال. "لقد حان الوقت".

"الجو بارد في الخارج، وأنت متعرّق بالكامل".

"هذا غير مهم".

لكنه مهم بالنسبة لها. صعدت إلى الطابق العلوي إلى غرفة نومه وسحَبت اللحاف عن سرير نام عليه أحدهم - في وقت من الأوقات، على أي حال - لكن جسمه لم يُحدث أي أثر على الفِراش أو رأسه

على الوسادة.

"لحاف"، نَخَرت. بدت الكلمة غبية جداً في تلك الظروف. أخذته إلى الطابق السفلي وقذفته إليه مثلما قَذَفت الكيس الورقي، وراحت تراقب بنفس الافتتان توقفه المؤقت... ثم تفتّحه... ثم استقراره فوق صدره وحُضنه.

"لفّه حولك".

"نعم، سيدتي".

راقَبته يفعل ذلك، ثم دسّت الجزء المتدلي على الأرض تحت قدمَيه. كان الارتفاع خطيراً أكثر هذه المرة، فالارتطام بالمطب سبَّب تشقلباً مزدوجاً وليس تشقلباً مفرداً. ارتفعت رُكبتاها عن الأرض وشعرت بشعرها يرتفع إلى أعلى. ثم انتهى كل شيء، وعندما حطّت رُكبتاها على الأرضية الخشبية مرة أخرى، أصبح لديها فهم أفضل لماذا يستطيع أن يبتسم. تذكَّرت شيئاً قرأته في الكلية – فوكنر، ربما: *الجاذبية هي المرساة التي تشدّنا نزولاً إلى قبورنا*. لن يكون هناك قبرٌ لهذا الرجل، ولا مزيد من الجاذبية أيضاً. لقد نال إعفاءً خاصاً.

"دافئ مثل قملة على سجادة"، قال.

"لا تمزح يا سْكوت. رجاءً".

ذَهَبت إلى خلف الكرسي ذي العجلات ووضعت يديها بتردّد على المقابض الناتئة. لم تكن هناك حاجة للحبل؛ فقد بقي وزنُها. دفَعته نحو الباب، إلى عتبة البيت، ونزلا المنحَدَر.

* * *

كان الليل بارداً، مُثلِجاً العرق على وجهه، لكن الهواء كان عذباً ومنعشاً مثل القضمة الأولى من تفاحة خريف. كان فوقه نصف قمر

وما بدا تريليون نجمة.

لمماثلة التريليون حصاة، الغامضة مثلها تماماً، والتي نسير عليها كل يوم، فكّر في سرّه. غموضٌ فوق، غموضٌ تحت. الوزن، الكتلة، الواقع: غموضٌ في كل مكان.

"لا تبكي"، قال. "هذه ليست جنازة لعينة".

دفعته إلى المَرجة المكسوة بالثلوج. غرِقت العجلات عشرين سنتيمتراً وتوقفت. هذا ليس بعيداً عن المنزل، لكنه كافٍ لتجنُّب أن يعلق بطُنُف أحد السقوف. ستكون هذه خيبة أمل، فكّر في سرّه، وضحِك.

"ما المضحك يا سْكوت؟".

"لا شيء"، قال. "كل شيء".

"أخفض نظرك إلى هناك. إلى الشارع".

رأى سْكوت ثلاثة أشكال متجمّعة، كل واحد منها يحمل مشعلاً كهربائياً: مِيسِي وميرا والدكتور بوب.

"لم أتمكن من إبقائهم بعيداً". دارت دِيردريه حول الكرسي ذي العجلات وانحنت على ركبة واحدة أمام الشكل ذي العينين اللامعتين والشعر المتكتل بفعل العرق.

"هل حاولتِ؟ أخبريني الحقيقة يا ديدي". كانت هذه أول مرة يناديها بهذا الإسم.

"حسناً... ليس كثيراً".

أومأ برأسه وابتسم. "حديث جيد".

ضحِكت، ثم مسَحت عينيها. "هل أنت جاهز؟".

"نعم. هل يمكنك مساعدتي بالأبازيم؟".

تمكّن من فك الإبزيمَين اللذين يربطان المشدّ بظهر الكرسي، وارتفع حالاً ولم يبق شيء يربطه سوى رباط الحُضن. اضطرت أن

تكافح مع ذلك الرباط، لأنه كان مشدوداً وبدأت يداها تتخدّران بفعل برد يناير. بقيت تلمسه، وكلما فعلت ذلك ارتفع جسمها عن طبقة الثلج، مما جعلها تشعر كما لو أنها زنبرك بشري. بقيت تحاول جاهدةً، وبدأ يتحرَّر أخيراً آخر رباط يقيّده بالكرسي.

"أحبك يا سْكوت"، قالت. "كلنا نحبك".

"وأنا أيضاً"، قال. "قبّلي فتاتك الطيبة نيابة عني".

"قبلتان"، وعَدته.

ثم انزلق الرباط من الإبزيم وانتهى الأمر.

* * *

ارتفع ببطء عن الكرسي، وتدلّت البطانية تحته مثل حاشية تنورة طويلة، وبدا شكله مُضحكاً كما لو أنه ماري بوبينز، ناقص المظلّة. ثم ركب نسمةً، وبدأ يرتفع بوتيرة أسرع. أمسَك البطانية بيدٍ وأنوار السماء الذي على صدره باليد الأخرى. رأى الدائرة المتناقِصة لوجه دِيردريه الناظر إلى أعلى. راقَبها تلوّح له، لكن يديه كانتا مشغولتين ولم يستطع التلويح لها بدوره. رأى الآخرين يلوّحون له بأيديهم من مكان وقوفهم في شارع فيو درايف. رأى مشاعلهم الكهربائية مركَّزة عليه، ولاحَظ كيف بدأوا يقتربون من بعضهم البعض كلما ازداد ارتفاعه.

حاوَلت النسمة أن تقلبه، مما ذكّره كيف انحرف جانبياً في رحلته المضحكة إلى صندوق البريد على مَرجته المكسوة بالثلوج، لكنه استعاد توازنه عندما أرخى البطانية عنه جزئياً ووجّهها نحو الجهة التي كانت الرياح تأتي منها. قد لا يدوم هذا طويلاً، لكن لا يهمّ. لم يكن يريد في الوقت الحاضر سوى النظر إلى أسفل ورؤية أصدقائه - دِيردريه على المَرجة قرب الكرسي ذي العجلات، والآخرين في الشارع. مرَّ بجانب

116

نافذة غرفة نومه ورأى أن المصباح لا يزال مضاءً، ملقياً شريطاً أصفر على سريره. استطاع رؤية بعض الأغراض على مكتبه - ساعة، مشط، طيّة صغيرة من المال - التي لن يلمسها مرة أخرى أبداً. ارتفع أكثر، وكان ضوء القمر الساطع كافياً ليرى صحن فريسبي تابعاً لأحد الأولاد عالقاً في زاوية السقف، ربما قُذف إلى هناك قبل أن يشتري ونورا المنزل.

الأرجح أن ذلك الولد أصبح راشداً الآن، فكَّر في سرّه. يكتب في نيويورك أو يحفر خنادق في سان فرانسيسكو أو يرسم في باريس. غموض، غموض، غموض.

التقَط الآن بعض الحرارة الهاربة من المنزل، تيار حراري صاعد، وبدأ يرتفع أكثر فأكثر. انكشفت البلدة أمامه كما لو أنه طائرة بدون طيّار أو طائرة تجسّس تطير على علو منخفض، وبدت أعمدة الإنارة في الشارع الرئيسي وشارع كاسل فيو مثل حبّات لآلئ على عقد. استطاع رؤية شجرة احتفال الشتاء التي أضاءتَها دِيردريه منذ أكثر من شهر، والتي ستبقى في ساحة البلدة حتى الأول من فبراير.

كان الجو بارداً هنا في الأعلى، أبرد بكثير مما هو على الأرض، لكن لا بأس بهذا. أفلت البطانية وراح يراقبها تسقط، تتفتّح، تُبطئ، تصبح مظلّة، ليست عديمة الوزن لكن تقريباً.

يجب أن يختبر الجميع هذا، فكَّر في سرّه، وربما، في النهاية، الجميع يختبرونه فعلاً. ربما في وقت احتضارهم، الجميع يرتفعون.

أمسك فتيل أنوار السماء وخدشه بظفره. لم يحصل شيء.

اشتعِل، اللعنة عليك. لم أتناول وجبة طعام أخيرة، لذا هل يمكنني على الأقل الحصول على أمنية أخيرة؟

خَدَش مرة أخرى.

* * *

117

"لم أعد قادرة على رؤيته"، قالت مِيسِي. كانت تبكي. "لقد رحل. ونحن أيضاً علينا أن-"

"انتظروا"، قالت دِيدريه. كانت قد انضمت إليهم عند أسفل ممر منزل سْكوت.

"ننتظر ماذا؟"، سأل الدكتور بوب.

"فقط انتظروا".

فانتظَروا، وهم يبحثون في الظلمة.

"لا أظن-"، بدأت ميرا تقول.

"قليلاً فقط"، قالت دِيدريه، وراحت تقول لنفسها، بالله عليك يا سْكوت، بالله عليك لقد أوشكت على بلوغ خط النهاية، هذا سباقك لتفوز به، شريطك لتخترقه، لذا لا تفشل. لا تختنق. بالله عليك أيها الفتى الكبير، دعنا نرى مهاراتك.

دوّى انفجار كبير فوقهم: بالأحمر والأصفر والأخضر. ساد صمت، ثم لمعت موجة مثالية من اللون الذهبي، شلال متلألئ راح يُمطر ويُمطر ويُمطر عليهم، كما لو أنه لن ينتهي أبداً.

أمسكت دِيدريه يد مِيسِي.

وأمسك الدكتور بوب يد ميرا.

بقوا ينظرون إلى أن انطفأت آخر شرارة ذهبية، وسادت ظلمة الليل من جديد. في مكان ما فوقهم، تابَع سْكوت كاري انعتاقه، تابَع تحرّره من القبضة المميتة لكوكب الأرض مُديراً وجهه نحو النجوم.